이문승 제4시집

좋은 인연의 향기

가화만사성의 메아리

그리스의 피타고라스는 세상에서 중요한 것은 삶의 방법을 가르쳐 주는 것이라 했고 로마의 철학자 세네카는 일생동안 배워야 한다고 했으니 인륜과 도덕 준법질서를 생활화하여야 할 것이며, 하나밖에 없는 생명, 한 번 뿐인 인생은 연습이 불가능하므로 매일 매일이 긴장된 시합이요, 결승인 것을 깨달아 생의 원동력인 강한 의욕과 뜨거운 정열로 하고자 하는, 마음 성취하고자 하는 의지 실현하고자 하는 뜻과 생동하는 마음을 가져야 한다.

마음은 나의 주인이요, 인생의 뿌리로서 살아 꿈틀거려야 하는 것이며, 그렇게 살면 항상 기쁨이 있고 우정의 흐뭇한 향기와 독서의 즐거운 보람과 사업의 신나는 성공과 승리의 영광이 있게 될 것이다.

독일의 작가요 시인인 한스 카로사는 인생은 너와 나의 깊은 만남이다. 너 없는 내가 없고, 나 없는 너도 없다고 하였으니 이웃과 친구를 소중히 여겨야 할 것이다.

인생은 향연과 같아 좋은 음식, 싱싱한 과일, 향기 좋은 포도주, 흥겨운 음악, 미모의 여인이 있는 잔칫집 같은 것이다. 이런 향연에서 많은 것을 체험해야 하고 마음을 항상 즐겁게 가져야 한다.

마음이 즐거우면 얼굴이 빛나고 잔칫집 같은 것이니 좋은 지식을 얻고 즐겁게 살면 입술이 슬기롭고 혀는 따뜻해진다.

인생의 나무는 녹색이요, 푸르고 아름답고 밝고 희망적이며 생산적이요 힘차고 매력적인 것이라고 괴테가 말했는데, 좋은 나무가 나쁜 열매를 맺을 수 없고 나쁜 나무가 좋은 열매를 맺을 수 없는 이치와 심은 대로 거두는 법칙을 늘 생각하여, 족한 줄 알면 욕됨이 없고, 머무를 줄 알면 위태롭지 않다고 말한 노자의 교훈을 되새겨 피상적으로 살지 말고 진리에 육박하고 핵심을 터득하여야 할 것이다.

영혼과 육의 안식처, 인생의 보금자리, 사회의 구성단위인 가정을 화목의 샘터로 잘 가꾸어 배려, 지혜, 동거를 실천하는 아름답고 모범적인 삶으로 분수를 지켜 나아가기 위하여 날마다 창조주를 의지하고 부모를 공경하며 형제자매간에 우애하고 이웃과 더불어 어울려 교제하며 베풀면서 살게 되면 세상의 풍파가 밀려와도 두려움이 없게 될 것이고 비 내린 후의 광선으로 땅에서 움이 돋는 새 풀과 같이 희망적인 찬란한 미래가 훤히 열릴 것이다.

2020년 2월 봄의 문턱에서

이 문 승 씀

◇ 차례 ◇

제4부 함께하는 가슴

창조주의 음성

창조주는 우리의 보호자

세상에 금도 있고 은과 진주도 많거니와
지혜로운 입술은 더욱 귀한 보배로다

집과 재물은 조상에게서 상속되지만
슬기로운 아내는 창조주가 주신 선물 일세

젊은 자의 영화는 그의 힘이요
늙은 자의 아름다움은 백발이로다

허물을 덮어주는 자는 사랑을 구하는 자요
그것을 거듭 말하는 자는 벗을 이간시키게 되네

입의 대답으로 말미암아 기쁨을 얻나니
때에 맞는 말은 아름다운 씨앗이 되리라

새가 날개 치며 새끼를 보호하듯
창조주는 우리를 보호하며 호위 하시네

위에서 영을 우리에게 부어주심으로
광야가 옥토가 되고 그 밭은 숲으로 여기게 되는
그 때 정의가 광야에, 공의가 밭에 거하게 되리.

헤아림의 등대

마음을 비워 겸손하고 진실하여
받은 은혜와 주신 사랑에 감사하라

종의 형체로 낮추어 상대를 높이고
경견하여 수도하며 수행에 힘쓰라

나의 언행을 위에서 보고 있음을 인식
행여 망령된 행실을 하지 말지니라

에덴의 선악과인 지식의 나무를 북돋아
저주하고 원망하는 자를 축복하라

원수 된 자 미워하는 자 위하여 기도하고
대접받고자 하는 대로 남을 대접하여

어느 때 어디서나 섬기며 도와줌으로
남이 좋아하여 따르도록 덕을 세워

건전한 세상의 푯대와 등대가 되어
아름다운 가슴으로 헤아리며 살지니라.

기다리는 마음

신선한 여명
구름 가르는 햇살
하루를 내딛는다

가정 직장 사회
동서남북 오가는 인생
분주한 일 알면서도
품에 돌아오기 원하는 님

다가갈 수 없는 일정
하루가 다가도 할 일이
그래도 떳떳한 하루
저무는 밤 미안한 마음 솟아

반겨줄 미소 그리며
기다리는 가슴에
모두를 묻는다.

순종과 축복

행사시간에 지각한 전무님
회장이 뒷자리에 서 계시라고 지적

행사 마치고 지각 사과하는 전무님
모두 순종한 전무님을 존경 했네

어거스텐은 학생들에게 겸손을 강조
솔로몬과 사무엘은 겸손으로 인정 받았네

본질과 직분에 충실하면 필요를 채워줘
형통하여 지경을 넓혀 주시는 창조주

거짓의 원조 아담과 하와의 후손이나
정직하고 솔직하게 살아야 복 받네

다윗은 잘못을 즉시 뉘우치고
솔직하였기에 백성이 따랐으니

순종 정직 솔직 겸손하게 살면서
의연하고 당당하게 축복 받으며 살리.

화 목

죄를 모르는 우리를 대신하여 죽고
사람으로 하여금 '의' 가 되게 하신

존귀한 분과 항상 화목하게 지내며
주신 은혜를 헛되이 여기지 말고

깨끗한 지식과 거짓 없는 사랑에 감사하라

무명한 자 같으나 유명한 자요
징계 받은 자 같으나 죽지 아니하고

근심하는 자 같으나 항상 기뻐하며
가난한 자 같으나 사람을 부요하게 하여

없는 자 같으나 모든 것을 가진 자 되게 하네

넓은 마음으로 긍정의 입을 열어
의와 불법이 함께 할 수 없고

빛과 어둠이 사귈 수 없음을 깨달아
육과 영을 깨끗하게 하여 화목할 진저.

이렇게 살기를

사랑으로 형제와 이웃을 내 몸 같이 여기고
희락을 누리면서 남에게 기쁨을 주어야 하네

화평한 마음으로 서로 어울려 감싸 품어주고
오래 참는 습관을 길러 화를 다스려야 하네

자비로운 행실로 주변의 인정과 박수를 받아
양선을 생활화하여 남의 본이 되어야 하네

충성은 반드시 바쳐야 하는 의무임을 깨달아
온유한 심령으로 잠잠하여 좋은 것만 생각하고

절제하여 지나친 소모를 막고 잘 헤아려 지키며
정욕과 탐심과 음행을 삼가 조심하여

헛된 영광을 구하여 노엽게 하지 말고
투기와 시기는 아예 접어 위만 바라보면서

성령의 열매와 더불어 사는 나날 되기를!

복 받는 삶

이웃끼리 마음을 같이 하여 체휼하고
형제를 사랑하며 불쌍히 여겨

악을 악으로 욕을 욕으로 갚지 말며
도리어 복을 빌면서 겸손해야 하네

생명을 사랑하고 좋은 날 보기 원하거든
혀를 금하여 악한 말을 그쳐야 하느니

입술로 궤휼을 말하지 말고 선을 행하여
화평을 구하며 유대와 소통을 도모하라

창조신은 의인을 향하고 간구에 귀 기울이시며
악행 하는 자들을 눈 여겨 보고 계시느니라

열심히 선을 행하면 누가 해하겠는가
의를 위하여 고난을 참으면 뒤끝이 좋으리니
두려워하지 말고 진리로 성을 쌓을 지니라.

몸의 등불

두한 족열 원칙을 염두에 두고
손가락으로 머리를 자주 두드려
산소와 영양을 원활히 공급해야 하네

눈알을 대각선, 상 · 하 좌우로
자주 움직여 생동하게 하면서

손을 비벼 눈동자를 지그시 눌렀다가
번쩍 뜨기를 20번 반복하여
눈 운동을 자주하는 습관을 가질 것

험난한 환경은 피하여 눈을 감고
정직, 배려, 진리, 총명한 눈으로
세상을 선명하게 올바로 보는
몸의 등불이 되도록 가꾸어 갈진저.

의만 바라보라

사람에게 보이려고 의를 행하지 말고
오른손이 구제할 때 왼손이 모르게 해야 하며

기도는 골방에 들어가 문을 닫고 하여야
은밀한 중에 계신 신께서 들어 주시네

남의 잘못을 용서하면 내 잘못도 용서 받나니
남의 허물과 과오를 덮어 주어 용서할 지니라

금식하려면 세면하고 머리에 기름 바르고 해야
은밀히 보시는 이가 갚아 주신다 하였네

보물을 땅에 두면 좀과 동록이 해하거니와
위에 쌓아두면 좀도 동록도 도둑도 침범 못하네

네 보물 있는 곳에 네 마음도 머무는 이치

눈은 몸의 등불이니 성하면 온몸이 밝을 것이요
눈이 나쁘면 온몸이 어두워 빛을 못 보게 되나니
허탈한데 눈 돌리지 말고 의만 바라볼지니라.

한계(限界)와 모순(矛盾)

역사는 뜨다가 가라앉는 부침(浮沈)이기에
로마도 몽골제국도 사라져 버렸고
거대 중국은 대국의 흥망사만 남겼네

한국은 발전의 피해가 빨리 다가 왔는데
내부모순과 좌우종횡으로 갈라진 탓이네

일하기 싫거든 먹지도 말라는 교훈
감 떨어지기를 기다리는 무상복지
하늘은 스스로 망하는 자를 버리시네

이념이란 이상실현의 생각과 사상
70년 넘게 겪어온 세월 실패만 체험

백성을 섬기지 않고 착취 대상으로 삼아
핵무기로 승부를 걸고 있는 어느 마을

위협용 아니면 자폭용 될 것인데
감싸 도와 추켜 주며 동조하는 세력
심사숙고하여 한계와 모순 극복할 진저.

행복의 종착역

서로 보살피며 모자람 채워주어
아름답게 사랑하는 삶 추구하는 인생

많은 지식보다 오랜 경륜이
윤택하고 풍요로운 삶을 쌓아간다네

고초와 산전수전 겪다보면
삶의 지혜도 깨닫게 되며,

사랑 인생 아픔이 뭔지
그리고 그리움은 추억이라는 것을
깊이 터득하게 된다고 하네

행복 하고 싶으면
배려와 희생을 먼저 바치고

웃고 살려면 마음이 순백해야 하느니
먼저 베풀면 몸이 가벼워지고

욕심 시기 질투를 외면하면
행복의 종착역 천국이 보인다 하였네.

의인의 간구

짐승과 새와 벌레와 바다의 생물은
사람이 길들일 수 있고 길들여 왔거니와

우리 혀는 길들일 사람이 없나니
쉬지 않는 악과 죽이는 독이 가득한 것이라

한 입에서 노래와 저주가 나옴은 마땅치 않고
한 구멍의 샘에서 단물과 쓴물이 나올 수 없으며

무화과 나무가 감람열매를
포도나무가 무화과를 맺을 수 없도다

마음속에 독한 시기와 다툼이 자리하면
혼란과 악한 일이 싹트게 되나니
선행으로 지혜와 온유함을 보일지니라

내일 일을 알 수 없는 우리네 생명
잠깐 보이다가 없어지는 안개로구나

고난당할 때는 기도 즐거울 때는 노래하며
죄를 고백하고 병 낫기를 위해 기도하면
의인의 간구는 역사하는 힘이 큼이니라.

승리하는 삶

마음은 나의 주인이요 인생의 뿌리이다
불타는 의욕과 뜨거운 정열 성취하려는 의지
실현하려는 뜻으로 마음이 꿈틀거려야 하네

잘못을 무조건 용서하는 넉넉한 도량을 길러
칭찬하여 즐겁게 하므로 고래의 춤을 보면서

사회인으로서의 일반적 교양에 관한 지식과
자기 직업에 대한 전문지식을 완벽하게 구비하고
인간으로서의 깊은 지식까지 갖추어야 하느니

질서의 생활화로 정신의 건전 육체적 건강
도시의 평화 국가의 안전을 바라며 나가야 하네

파트너를 의심하거나 탓 · 원망 · 시비를 하지 말고
먼저 다가가 존경과 신망을 보여주어야 하리
헤아림으로 관계 연결을 시도하여 화평을 누리고

온전한 기쁨으로 순종하며 자원하여 섬기며
사랑으로 하나 되는 아름다운 삶으로 승리할 지니라.

입술을 다스리는 지혜

명심보감의 구용구사(九容九思) 중엔 구용지(口容止)를
성서에는 입술을 숯불로 지지고 입에 자갈을 먹여 혀를 그치고
불의와 거짓을 말하지 말아야 한다고 기록 되었네

악인은 입술의 허물로 말미암아 그물에 걸리되
의인은 환난에서 벗어나게 된다고 예언되었으니

두루 다니며 험담하다가 남의 비밀을 누설하지 말고
신실한 마음으로 그런 것들을 숨겨주라 하였네

사람은 입의 열매로 인하여 복록을 누리거니와
마음이 궤사한 자는 강포를 당한다 하였으며

입을 지키는 자는 자기의 생명을 보전하나
입술을 크게 벌리는 자는 멸망을 자초하게 되네

입을 다스리는 자가 땅을 다스린다는 교훈과
삼사일언(三思一言)을 기도하며 실천하여
후회 없는 참된 삶을 멋지게 펼쳐 갈진저!

어버이날의 기도

너를 낳은 아비에게 청종하고
네 늙은 어미를 경히 여기지 말라

어버이를 공경하고 경외하며 순종하고
자녀를 교양과 훈계로 양육하면서
이웃을 내 몸 같이 사랑하며 나아가리

진주보다 더한 현숙한 여인이 되어
지아비의 사업이 핍절되지 않도록 기도하고
아내를 유리그릇 아끼듯 소중히 여기는 남편 되리라

범사에 기한이 있고 천하만사가 때가 있나니
전쟁할 때와 평화할 때가 있을 것이네

걱정이 많으면 꿈이 생기고 말이 많으면 우매자 되리니
귀와 눈을 밝게 하여 영원한 안전을 품어 안고

공의의 열매인 화평한 집과 편한 쉼터에서
위대한 부모님 은혜를 평생 높이며 살리라.

꿈이 이루어지기를

근면 성실 정직으로 인정받은 시진핑
2012년 중국의 지도자가 되더니
2013년 3월 주석이 되었네

백성이 많은 것은 왕의 영광이요
따르는 자가 적은 것은 패망을 의미하나니

잘못을 들추어 비방하는 부덕한 자 되지 말고
감싸 덮어 용서 이해하는 유덕한 자 되시라

입으로는 민주주의 행동은 좌경에 치우치면
국태민안은 좌초되고 국운을 멈추게 되네

사방이 태평하여 재앙과 걱정이 전혀 없는
풍요롭고 윤택하며 행복한 세상 만들어

금수강산 녹지삼천리 진취적으로 이끌어갈
만민이 인정하는 훌륭한 지도자

하나님이 세워주시기를 원하는 가슴이여!

의로운 열매

정의와 공의를 지켜 의롭게 살려면
우상을 외면하고 위를 우러러 보면서
이웃의 아내를 욕보이지 말아야 하네

빚진 자의 저당물을 해 지기 전에 돌려 주어
편안한 마음으로 밤을 맞이하도록 해야 하며

주린 자에게 음식물을 주고
벗은 자에게 옷을 입혀

스스로 감사한 마음이 일도록 하여
규례를 지켜 행하면 생명이 길리라

모든 죄악을 벗어 버리고
잘못을 솔직히 시인하면서

마음과 영을 새롭게 하면
의로운 열매가 날로 더하리로다.

희망의 눈빛

모두가 좋아하는 원만한 성격
흠 없이 성장한 아름다운 가정

미개지 캄보디아 다녀오더니
낯선 땅 바탐 방에 마음을 심어

딸 셋은 캄보디아 학교로
다정한 부부는 그 곳 언어교실로

생명나무유치원과 중학교를
가슴에 품고 떠나는 희망의 눈빛

강하고 담대하라 너와 함께 하리라
그 말씀 의지하고 성공과 승리 확신하며
의연하고 당당하게 나아가는 숭고한 정신

가는 마음 보내는 마음 포용하는 순간
석별의 정 못 잊어 너도 울고 나도 울었네

파송마당 적신 귀하고 뜨거운 눈물
개척의 씨앗 되어 열매를 거두리라.

작은 베풂 많은 보상

물가에서 친구와 놀다 부주의로
물에 빠져 허우적거린 처칠

근처에서 아버지 도우며 일하던
정원사 아들이 뛰어가 건져 주었네

고맙게 생각한 그의 아버지
정원사 아들을 교육시켜 주는 보답

후일 윈스턴 처칠이 수상이 되어
선린 외교차 이란 나라를 방문

갑자기 몸이 불편하더니 폐렴진단
고명한 의사를 초빙 치료했는데
그 의사가 정원사 아들 그래민 박사였네

오래 전에 아버지가 베푼 것을
아들이 채움 받는 순간이어라

준 것 보다 더 많이 보상받는
작은 베풂의 큰 교훈이로다.

용서는 의무

춘추전국시대 초나라의 장왕
그가 베푼 잔치 만찬자리
취중 부주의로 경솔한 행동
장왕의 갓 끈을 끊어버린 신하

걱정하는 동료의 다양한 음성
많은 고민으로 잠을 못 이룬 아침

출근하자마자 호출 당하여
장왕의 위엄 앞에 떨고 있는데

부드러운 음성으로 관용하는 임금
감사심 일어 어쩔 줄 모르는 신하

2년 후 진나라와 전쟁 났는데
용서 받은 감사를 간직한 용병

목숨 바쳐 싸운 결과로 승리
평범한 용서 크게 보상받는 교훈이어라.

고진감래

어렵고 위험한 처지를 겪어봐야
인생의 진가를 알 수 있으며
모진 바람 불 때 강한 풀을 알 수 있다네

잘 나갈 때는 구름같이 몰려와도
몰락할 때는 썰물같이 빠져나가는 염량세태

집 안이 가난할 때 어진 아내가 생각나고
세상이 험난할 때 충신을 알아볼 수 있다

종소리를 멀리 보내려면 종이 더 아파야 하느니
아플 때 우는 것은 삼류, 아플 때 참는 것은 이류
아플 때 즐기는 것은 일류라고 하였네

물질의 행복보다 다져진 참사랑을……

몸은 전셋집

몸은 우리가 사는 집이고
한평생 길들여온 상전이지만
임대기간 되면 비워 주어야 하네

생각은 과거와 미래를 왕래하지만
몸은 모든 것에 우선하여 현재에 머무르나니
하루 30분씩 걸어 변화를 체험할 지니라

치매예방 효과와 근육이 생기고
심장이 좋아지고 혈압도 낮춰지며

소화가 잘 되고 기분이 상쾌하여 지네
녹내장도 예방되고 뼈를 강화시키며
심신순환이 원활하여 생동감 생기네

당뇨병 위험도 낮춰주고
폐 기능도 강화 된다네

몸을 잘 관리하여 전셋집 비우라 하면
즉시 비워 줄 수 있는 지혜를 묵상할 진저.

있어야 할 다섯 가지

시인은 책 만권을 읽고 만 군데를 다녀보며
좋은 경치 아름다운 꽃들을 감상하여야
감동적인 시가 창작되나니 밝은 눈이 필요하고

금강산도 식후경 맛있는 음식 먹으며
필요 영양소를 골고루 섭취하여야 하고
식도락가, 미식가 되려면 입이 있어야 하네

계곡의 물소리, 새소리, 가수들 음악 들으며
조용히 감상하는 것이 정서에 좋은 것이니
고운 마음으로 소리를 듣는 귀가 있어야 하고

자기체질, 소질, 취미에 맞는 운동
규칙적인 적당한 활동 건강에 도움 주나니
의욕을 높여주는 즐거운 몸이 있어야 하리

경제적 배려와 나눔, 칭찬으로 베풀며
능력에 따라 이웃을 극진히 사랑하고
감싸며 용서하려면 즐거운 마음이 있어야 하느니……

아름다운 인생

불로불사는 인생의 소망, 생로병사는 인생의 숙명
살면서 경계해야 할 것 다섯 가지가 있네

첫째, 박이후구(薄耳厚口) 남의 말은 싫어하고
자기 말만 많이 하는 것을 경계하여야 하리

둘째, 망집(妄執) 자기 고집만 부리지 말고
마음을 풀어 본인을 투사하지 않는 것을 경계해야 하네

셋째, 중언부언(衆言浮言)하면 신뢰를 상실하게 되나니
지혜로운 표현으로 경청하지 않음을 경계해야 하리

넷째, 백우무행(百憂無行) 근심만 많고 행함이 없이
문제해결에 노력하지 않음을 경계해야 하리라

다섯째, 고안(故安) 옛것에 기대어 안주하며
새로운 것에 대한 도전의욕이 없는 것도 경계해야 하리로다

열린 마음과 낯선 것들에 대한 관대한 태도
끝없는 호기심, 믿는 만큼 커지는 행복을 누리는 인생.

귀인의 인연

자행자지 내 멋대로 살아온 세월
우물가에서 우연히 귀인을 뵈었네

내가 주는 물은 영생수 되리라
부드러운 음성 덕스런 인자함이여

보통사람 아닌 귀인임을 깨닫는 순간
끌려드는 마음 뜨거워지는 가슴

마을로 달려가 소식 전하니
이 곳 저 곳 달려 나오는 인파

나를 의지하면 하늘 위로가 넘치고
기쁘고 즐거운 삶으로 변화되며

세상풍파와 두려움이 사라진다는 말씀
마음에 간직하고 돌아가면서

희망과 행복과 사랑을 누리며
아름다운 안식처 가꾸리라 다짐하였네.

행복은 나중이 없다

가슴 떨리고 힘 있을 때 여행 다니고
효도 · 친교 · 교제 · 배려와 어울림
하고 싶은 일 나중으로 미루지 말라

잡다한 생각과 번민은 내일에 살고
당장 행동으로 실천하면 오늘에 사는 것

현재는 영어로 Present 라는 선물의 뜻
주어진 현재 그 자체가 선물이다

오늘을 즐기지 못하면 내일의 행복은 없다
남을 의지하지 말고 자신의 삶을 껴안아

수동적 생각을 능동적 사고로 바꾸어
용기 있는 결단으로 오늘을 즐겨야하네

"나중에…"는 없는 것
현재가 나에게 주어진 최고의 선물.

인정받는 신앙

의인은 종려나무 같이 번성하며
레바논의 백향목 같이 성장하리니

이는 하나님의 뜰 안에서 청청하리로다
그는 늙어도 결실하며 진액이 풍족하며
빛이 밝으므로 모두가 선망하리라

나의 발이 미끄러진다고 말 할 때에
인자하심이 나를 붙들어 주신다 하였네

속에 근심이 있을 때에도 즐거움 주시고
기쁨으로 섬기며 노래하고 감사하리

눈이 높고 마음이 교만한 자를 용납하지 않고
거짓을 행하는 자에게는 자멸하게 하시네

노하기를 더디 하는 것이 사람의 슬기요
용서하는 것이 자기의 영광이 아닌가

말의 힘이 세다하여 기뻐하지 아니하며
경외하는 자들과 그의 인자하심을
바라는 자들을 기뻐하시느니라.

제 2 부

가화만사성

손자의 선풍기

에어컨을 늘 사용하지 않고
선풍기를 필요 장소에 이동하며 사용하는데

군대 가서 휴가 나온 손자
위, 아래, 좌, 우로 동작하는
신형 선풍기 사다 바치는 효심

에어컨은 거실 벽에서 송풍하는데
이리 저리 들고 다니는 편리함이여!

전쟁 때 폭격은 공중에서 하지만
적진 진격은 지상군이 담당하는 이치

핵무기 완전 폐기되지 않았는데
도치카 경비초소 지뢰제거 철책철거
너무 서두르는 것 같은 생각 드는구나

휴가 나오면서 할아버지 생각한
손자의 갸륵하고 아름다운 영혼

축복하는 할아버지의 기도 간절하여라!

한 탯줄 공동체

예정에 따라 태의 열매를 주신 하나님
정성들여 양육하고 감싸주신 부모님 덕분에

변화 많은 세상에서 정직하게 살면서
넓은 세상의 뿌리 되어 나가는 가족들

그 신비 느끼며 일터와 가정에서
화합과 어울림의 불꽃 피우누나

형제가 연합하여 우애하는 그 모습
흐뭇하고 만족하여 좋아하는 노친의 미소

방에 걸린 빛바랜 조부모 사진 보며
자랑하던 시대는 이미 지나고

핵가족 시대를 가꾸어가는 현실
한 탯줄로 이어진 심오한 의미 되새기며

아름답게 성장하는 가족공동체
생명주신 그 은혜 감사로 보답하오리다.

좋은 인연의 향기

없으면서도 남에게 도움 주고
바쁘면서도 순서 양보하며

어려움을 꿋꿋하게 이겨내고
걱정거리를 함께 풀어주며

허물을 감싸주어 순수하게 바라보고
촛불같이 상대방에게 베풀고

인연을 꾸준히 유지하면서
완숙한 과일내음을 풍기고

밝고 환한 웃음을 나누면서
상대를 상쾌하게 해 주는 사람

커피 향 같은 마음씨 좋은 인연
향수 뿌리지 않아도

찐한 과일 향 전하면서
의롭고 진실한 사람의 향기
다정한 온유한 가슴 그리며!

형님의 눈물

일정시대 북해도와 아오모리 지역에서
청춘 바쳐 일하면서 그리웁던 고향

광복 후 귀군선 뱃꼬리에서 묵상하니
보낸 세월만 아롱대로 앞날은 막막하네

석탄기차로 새벽에 내린 고향역
등불 들고 마중 나오신 할머니와 큰어머니

쉴 새 없이 도전해야 하는 세월 속에
만고풍상 우수사례 이겨낸 고진감래

남혼여가 시켜 호강할 무렵 짝을 잃고
자식에게 짐이 되고 있다고 느끼는 나날

천국을 소망하며 살자고 기도하는 아우
화장하지 말라고 당부하는 95세의 눈물
지켜보신 하나님 천국 문을 열어주시겠지.

노년의 눈썰매

한해와 수해 전염병 등 재앙이 없고
사방이 태평한 고장 그 이름 천안
사통오달 편리한 교통중심지 인심도 좋아라

풍성한 성환배 입장거봉 광덕호두
유서 깊은 능수버들 소문난 호두과자
기미 3.1독립만세 아우네 장터

줄서야 먹고 가는 병천순대 별미로구나
온천수 넘쳐나는 목천의 천안온천

설날에 찾아든 인파 주차장이 비좁고
세배하는 가족공동체 민속문화 이어가네

튜브 끌고 올라가 급하게 타고 내려오는
어린이와 노년의 눈썰매 눈길 모으네
아쉬움 남기고 떠나는 소나타 김삿갓 같구나.

어머니의 빈 그릇

허리띠 졸라매고 겨울 지낸 형제
처마에 매달린 시래기 타래

찹쌀고추장은 엄두도 못 내고
보리 고추장에다 묵은 김치

시래기와 쑥 혼합한 꽁보리 비빔밥
분량을 많게 하기 위한 밥상이었네

가족에게 나누어주신 어머니의 빈 그릇
나는 쇠하고 가족은 성하라는 묵시였네
한 수저 덜어주신 형님의 사랑

가난을 숙명으로 여기며 우애하고
불평 모르고 열심히 살아온 시절

묵은 솥이 괭이솥 인생은 체험의 역사
현실은 만족하되 근면 성실하여

변화된 이 땅 잘 가꾸어 지키고
감사하는 백성 영원하리라.

모 정

장닭 날개 치며 정오 알리니
콩밭 매던 가장 집에 도착

외양간 암소 묵묵히 바라보고
강아지 꼬리치며 맞이하누나.

지하수로 세수한 후 마루에 앉으니
열무김치 들기름 비빔밥

마주보며 즐기는 행복
벽시계 두시 알리는 땡땡

호미 들고 일터로 향하는데
출타하신 어머니 오시면서

소고기 한 근 며느리 주며
아범 끓여주라는 모정

자신보다 자식먼저 챙기는
시어머니의 마음 헤아리며
감사하는 며느리의 눈시울!

건강 유지

정제하지 않은 곡물 섭취 늘리고
적당한 운동 꾸준히 하면서

야채와 과일을 많이 먹되
패스트푸드 섭취는 줄여야하네

소금은 적게, 와인 · 커피는 하루 2잔
체중은 줄이되 무리한 감량은 피하고

콜레스테롤 수치는 낮추고 아스피린도 활용

자신만의 스트레스 해소 요령 개발하여
자주 웃고 노래 부르며 흥얼거려야하리

충분한 수면, 비타민, 물과 차는 많이 마시고
치아와 피부 관리, 복부건강에 유념할 것

셀레늄(Selenium)을 많이 섭취하고
갈치, 연어, 참치, 굴, 새우 먹으면서
친구와 더불어 어울려 살면 건강하리라.

담배 심부름

6시 배급 주던 읍내 담배 가게
필통, 빈 도시락 덜컹대는 책보 메고

줄 서 기다리다 배급 타는 기쁨
할머니, 아버지 좋아하실 생각뿐

돌길 신작로 걸을 땐 괜찮더니
당살매 산기슭 이르니 머리가 쫑긋

등에 땀나며 무서운 생각
마당에 이르니 반기시는 할머니와 아버지

손 씻는 둥 마는 둥 나오시는 앞치마 어머니
일하고 돌아온 형 할머니 시중 든 동생들

꽁보리쌀밥, 열무김치, 고추장
호박나물, 참기름, 간장과 무국

평화로운 농가의 저녁식탁
사철에 봄바람 불던 그 시절이여!

아버지 유언

새벽부터 땅거미 질 때까지
농기구 벗 삼아 흙에 사신 아버지
마을 구장일 보면서도 초하루 보름 새벽이면
상복입고 할아버지 묘소참배 3년

농한기엔 왕골자리 엮으시고
가마니 짜서 팔아 생계유지
지게목발에 정어리 달고 오신 추억

소화제 장항에서 사다 드셨는데
대신 심부름 가던 그날 정오
마서 지역 지나는데 제련소 폭파소리
B29에 놀라 다리 밑에 숨었던 기억

약 갖다 드리면 좋아하신 그 모습
애들 데리고 잘 살아 어머니에게 남기고
소천하신 1953년 음력 9월 19일
잊혀지지 않는 아버지의 유언이여!

아끼며 살라

오래 살려고 바둥대는 건 어리석은 것
몸이 허락하는 한 즐기며 사는 인생

누구에게나 오는 생로병사 받아들여
몸은 의사에게 목숨은 하늘에 맡기고

마음은 스스로가 책임져야 하느니
옛 동창, 동료, 친구 자주 불러내어
남은 인생 손잡고 함께 웃어야하네

물질에 여념 하여 욕심내지 말고
사용 가능한 것 남을 위해 쓰면서
베풀며 나누고 어울리는 아름다운 삶

얍삽하게 궁색 떨지 말고
남을 위해 팍팍 쓰는 용기를 가질 때
그 축복이 내게로 돌아오리라
자신을 잘 대접하는 지혜를 갖고
시간, 생각, 건강을 아끼며 살아갈진저……

순박한 시절

초롱불 밑에 책 열어 공부하는 아들
숭늉 떠다 놓고 고구마 간식 주신 사랑

빈대 물릴까봐 자리 밑까지 살피며
같이 앉아 이야기 책 읽으시던 어머니

옆방에선 아버지의 코고는 소리
배꼽 내놓은 채 뒤출대는 어린 동생

잠자리 누워 이런저런 생각할 제
옆방의 부모님 소곤소곤 대화

온가족 사랑 나누며 아름답게 사는 모습
풍파 밀려오면 같이 극복하고

빈곤을 숙명으로 여겨
근면과 노력으로 이겨 나가던 보릿고개

빈대 잡으며 살던 순박한 그 시절
거짓 모르고 정직하게만 살았었지!

햇밤의 맛

겨울엔 고목되어 잠자다가
봄이 되면 황사, 안개로 목욕하고
비바람 고운 햇빛과 속삭이네

벌 나비 어울려 춤추는 운동장
꿀을 생산 저장하는 벌
가루를 이웃에게 나누는 꽃

가을엔 가시주머니 되어
한 송이에서 두, 세알씩 토해낸 알밤

딸네 집에서 사위와 마주앉아
세 식구 오손도손 담소 화락
삶은 햇밤 까서 권하는 미풍양속

세월 따라 공급하는 은혜에 감사하며
평화롭던 그날 밤의 햇밤의 맛
지금도 입안에서 맴도는구나!

슬기로운 삶

어진 여인은 지아비의 면류관이나
욕을 끼치는 여인은 지아비의 뼈를 썩게 하네

유덕한 여인은 존영을 얻고 근면한 남자는 재물을 얻나니
지략이 없으면 망하여도 지략이 많으면 평강하리라

게으른 자는 마음으로 원하여도 얻지 못하나
부지런한 자의 마음은 풍족함을 얻게 되고

미련한 자는 교만하여 입으로 매를 자청하지만
지혜로운 자의 입술은 자기를 보전하게 되네

노하기를 더디하는 자는 크게 명철하여도
마음 조급한 자는 어리석음을 나타내게 되며

평온한 마음은 육신의 생명이나 시기는 뼈를 썩게 하나니
유순한 대답으로 분노를 쉬게 하여 과격한 말을 삼가할지로다

마음의 즐거움은 얼굴을 빛나게 하여도
마음의 근심은 심령을 상하게 한다는 것을 깨달아

밝은 눈 기쁜 마음으로 뼈를 윤택하게 하는
좋은 기별을 들려주어 늘 감사로 살아가세.

인생은 판단과 선택의 연속

채소를 먹으며 서로 의지하여 사랑하는 것이
살진 소를 먹으며 미워하는 것보다 나으며

새끼 빼앗긴 암곰을 만날지언정
미련하고 어리석은 자를 만나지 말아야하네

선한 말은 꿀 송이 같아서 마음에 달고 뼈에 양약이 되나니
입의 대답으로 말미암아 기쁨을 얻도록 노력할지로다

지혜를 얻는 것이 금을 얻는 것보다 낫고
명철을 얻는 것이 은을 얻는 것보다 나은 것이니
때에 맞는 아름다운 말로 상대를 즐겁게 해야 하네

마른 떡 한 조각만 있고도 화목하는 것이
제육이 집에 가득하고도 다투는 것보다 나으니라

근면한 경영은 풍부하게 되고
조급한 운영은 궁핍하게 되는 이치를 깨달아야하네

여인과 다투면서 성안의 큰 집에 사는 것 보다
광야나 움막에서 혼자 사는 것이 나을 것이니
판단과 선택을 잘하여 훌륭한 삶을 엮어갈진저.

저녁 옛집

고운 햇살 석류에 머무르니
자연스레 벌어진 주홍 열매여

길게 누운 산 그림자
다리 뻗고 편히 쉬고 있구나

노을 진 지붕에는
호박과 박이 속삭이고

암수 강아지 꼬리쳐 노는데
장닭은 날개 쳐 암탉 꽁무니 쫓고
외양간 황소 침묵 중에 부러운 눈빛이여

퇴근하는 님 맞으려
준비된 애정 거울 앞에 확인한 후

콩나물국 맛보는 순간
뚝배기의 된장 보글보글

초롱불 방안엔
마주앉은 다정한 그림자
행복한 사랑 깊어만 가네.

장수하려면

근육양이 줄어들면 몸이 일찍 쇠약해지나니
칼로리를 많이 섭취하여 몸 관리에 힘써야 하네

나이 들수록 식사를 잘 챙겨 다양한 영양으로
몸의 균형이 정상적으로 유지되게 하여

스트레스를 예방하고 매사 긍정적 관리로
선하고 편한 생각과 아름다운 마음으로 배려할 것

단백질이 근육과 신선하고 튼튼한 혈관을 만들고
영양이 부족할수록 치매가 빨리 온다고 하네

콜레스테롤이 많아야 인지기능이 강해지고
고기를 잘 먹을수록 알부민(세포 구성) 수치가 높아지리

빨리 걸을수록 순환기계통 질병이 적고
쇼핑, 가벼운 산보, 봉사, 취미활동을 하면서

손아귀 운동을 반복하여 강하게 만들고
괄약근(括約筋)인 음부와 항문을 자주 조여야 하네.

건강 습관

음식은 적어도 열 번 이상 씹어 삼키고
매일 조금씩 공부해야 정밀한 두뇌가 활약하네

자고나서 눈 뜨면 기도하고 기지개를 켜야 하며
날마다 15분씩 낮잠을 자야 피로가 풀리네

아침 식사 후 화장실 가는 습관을 기르고
식사 후 4시간 후에 간식을 조금하면 좋으리라

잠 잘 때는 오른쪽 옆으로 누워 무릎을 구부리고 자야
잠이 빨리 오고 혈액 순환이 잘 된다고 하네

하루 10분씩 노래하는 습관을 익혀 나가면
마음이 젊고 건강하며 평화로워 지리로다

샤워하고 나서 물기를 닦지 말고 저절로 말려
피부가 숨을 쉴 시간을 주어야 하네

밥 한 숟가락에 반찬은 두 젓가락씩 먹고
매일 가족과 스킨쉽을 하여 정서적 안정을 도모할 것.

보람된 하루

수탉이 날개 치며 새벽을 쫓으면
참새들 지저귀며 아침을 반긴다

심술궂은 안개가 심하게 방해해도
새 날은 어김없이 열리는 이치

어제의 반성에 매달리지 말며
내일 걱정을 앞당겨 여념하지 말고

기쁘고 즐거운 삶을 위해 최선을 다하여
행복한 언행으로 면류관 받도록
희망과 웅변을 심어주며 살아야 하네

황혼노을 알리는 수탉의 외침에
만족하고 흐뭇한 하루를 청산하여

편안한 마음으로 한 상에 둘러 앉아
푸짐한 식탁 사랑의 공동체를 확인
평강과 감사로 마무리 하는 보람이여.

입의 열매

범죄 한 자에게는 불의가 저장되며
새끼 잃은 암곰같이 염통꺼풀을 찢고
어리석음이 임하여 엎드러지느니라

그러나
입술의 열매를 창조주에게 드리는 자는
진노가 떠나 살포시 새벽이슬이 내려

백합화 같이 피어나 백향목 같이
뿌리가 깊이 박히고 가지가 퍼지리라

아름다움은 감람나무 같을 것이고
향기는 레바논 백합화 같으리라

지혜와 총명으로 푸른 잣나무 열매를 얻어
정직한 의인되어 그 길로 나아가면
복된 앞날이 성큼 다가오리로다.

부자유친

중복을 지나 말복을 향해 달리는 세월
평균 영상 36도를 넘나드는 폭염의 나날

물을 끼어 얹으며 더위를 극복하는데
아들이 찾아와 에어컨 설치를 권유

여러 가지를 생각하며 사양했더니
일찍 챙기지 못해 죄송하다며 강권

집주인에게 양해구하며 허락받고
거실에 설치하던 그 날의 기쁨이여

평생 처음 에어컨 밑에서 CTS를 보며
선풍기 부채 물에 의지하던 삶에서
변화 받은 그 날 여러모로 감사 하였네

부자유친을 생각하며 그들을 위하여
평강과 안위와 지경확대를 소원하며
잔잔한 가슴으로 마음 드려 두 손 모았다오.

신망 받는 한약방

고향에서 사돈이 보낸 택배

형님과 형수를 추모하며
조카 3남매 보살핀 숙부

성장하여 남혼여가 했지만
자식보다 더 마음 쓰는 현실

형수의 오빠에게 보내 준 보약
그 정성 헤아려 감사하면서

주변의 신뢰와 인정받아
일취월장 성장을 빌었네

지역에선 신망, 교회에선 봉사왕
형통한 미래 스스로 다가 오리라.

의로운 삶

감각 없는 자가 되어 죄의 어둠에 빠지지 말고
유혹의 욕심과 썩어져가는 구습에서 벗어나

의와 진리로 새 사람을 입어 거짓을 버리고
이웃과 함께 참된 것을 말하며 의롭게 살지니라

분을 내어도 죄짓지 말고 해지기 전에 풀어
가난한 자를 구제하는데 선한 일을 하여야 하네

더러운 말은 입 밖에 내지 말고 덕을 세워
부드러운 말로 듣는 자에게 은혜를 끼쳐야하리

악독과 노함과 분냄과 비방 등은 버리고
서로 친절하며 불쌍히 여기고 용서해야 하네

음행, 더러운 것, 탐욕은 이름조차 부르지 말고
누추하고 어리석은 희롱의 말과 우상숭배

술 취함과 방탕 등은 마음에서 지워버려
좋은 생각으로 감사하며 본이 될 지니라.

내 안에 있는 행복

누가 갖다 준다고 생각하며 바라는
그 행복이 바로 내 마음에 있나니

찾아오는 것이 아님을 깨달아
길흉화복도 내가 다스려야하네

족한 줄 알면 욕됨이 없고
머무를 줄 알면 위태롭지 아니하리

나폴레옹은 평생 행복한 날이
일주일 밖에 없었다고 하였으나

헬렌켈러는 행복하지 않은 날은
하루도 없었다며 즐거워했다네

몸의 작은 지체 혀를 잘 다스려
희망도 주고 절망도 주는 말을 조심하여

입을 다스리는 자가 땅을 다스린다는
교훈을 생각하여 三思一言을 실천으로
행복한 나날 누려나갈진저.

개과천선

죄악으로 얼룩진 몸 방황한 나날
지쳐 넘어져 쓰러지기 전에

욕심으로 물들인 묵은 짐 내려놓고
도움 받은 지난 세월 되새기며

도우며 살리라 다짐하는 새 희망
이웃과 더불어 손잡고 나아가

독선 아닌 공동체 의식 확인하고
저 높은 곳 향하여 독수리 같이 올라

공의롭고 값진 그날을 맞이하여
모두의 부러움을 한 몸에 지니는

멋진 삶 아름답게 엮어가며
승리하는 모범 된 변화의 삶을……

위엄과 친절

추위에 떨어 본 사람일수록
태양의 따뜻함에 감사하고

괴로움을 체험한 사람일수록
생명의 소중함을 더 깨닫게 되리

생명을 건 실천에서 스며 오는 말은
마음에 등불 되어 빛나게 될 것이네

나이 들면 열정은 식어지고
궁금하고 섭섭한 일이 많아지는 현실

경험한 수많은 사연들은
노련해지고 진중해지지만

그 경험이 스스로를 결박하나니
마음이 굳어질 수 있음을 인식해야하네

나이 먹었으나 스스로 모자람을 인정
주변을 감싸 사랑과 여유로운 가슴으로

위엄은 있으나 친절한 어르신다워야 하리.

일 상

노력은 손처럼 끊임없이 움직이고
반성은 발처럼 가리지 말고 하면서

인내는 질긴 것을 오래 씹듯이 하고
연민은 아이의 눈처럼 밝게 할 지니라

남을 도와주는 일을 자발적으로 하고
내가 한 일에 대하여 항상 감사하라

미움은 물처럼 흘려보내되
은혜는 황금처럼 간직하여야하네

사람은 하나님의 축복으로 태어났기에
몸을 타인의 물건 보관하듯 소중히 할 지니라

시기와 욕심은 자신을 찌르게 하나니
경건에 이르도록 스스로 연단하고

매사에 넘치지 않도록 조심하여
자신의 허물을 찾아 뉘우치면서
족하다고 외치며 살아가는 인생……

제3부

역사적 교훈

한국의 위상 높아진 행사

올림픽 월드컵 세계박람회(EXPO)
세계 3대 축제에 속하는 국제행사

18세기 프랑스에서 국내 산업전시회를 점화
1851년 영국에서 수정궁 만국박람회 처음 효시

증기기관차에서 내연기관차를 거쳐 전기기관차
이젠 고속열차 자기부상열차로 발전했네

1876년 미국 독립 100주년 기념 세계박람회
전화기 출시 후 일반전화기 휴대폰 컴퓨터까지

1885년 앤트워프 세계 박람회 후 상용 자동차 출시
1904년 세인트루이스 박람회에선 비행기구 전시

1933년 뉴욕 세계박람회에선 TV가 선 보였네
2012년 여수 세계박람회 5월12일부터 3개월

'살아있는 바다, 숨 쉬는 연안' 구호로 열려
국운성장의 기회 한국의 위상 높아졌네.

아시안 게임과 축구

세계에서 네 번째 큰 섬 자카르타
34개국 건아들 아시안게임 펼쳤네

4강 겨루는 한국과 베트남 한 마당

김학봉호에서 이승우가 선제 골
황의조가 추가골 이승우 마무리 골

예리한 눈초리 발 빠른 활동
세 명의 선수 실려 나갔지만 3대 1로 승리

필사즉생 필생즉사 체험현장이로다
세계의 축구팬 기립박수 환호한 마음

이틀 후 결승전에서 일본이기고 금메달
태극기 흔들며 감격의 함성 지금도 귓전 울리네!

23회 동계 올림픽 (1)

1948년 처음 동계 올림픽 참석한 한국
1988년 10월 2일 하계 서울 올림픽
2018년 2월 19일 23회 동계 올림픽

아시아에서 세 번째로 평창에서 한마당
탁월 우월 존중 올림픽 정신 품고
"행동하는 평화" 기치 들고 17일간 한마음

92개국 2,925 선수 35,000 관중의 함성
대형 태극기 들고 행진하는 당당한 선수 8명
92번째로 입장하는 한국 북한선수와 동시 입장

소망의 불꽃 점화대에 태우는 김연아의 행복
평화의 종 울리니 올림픽 상징 어린이 5명 등장

토마스 바흐 아이오씨 위원장 · 유엔 사무총장
마이크 펜스 미국 부통령 · 문재인 대통령
북한 김정은 여동생 김여정과 김영남 위원장

22개 문화유산 백호와 사진 축하불꽃
하늘 땅 사람 조화로운 상징 영상

사람상징 벽화무용수 인면조와 봉화
풍요상징 황금색 단군신화의 궁녀들
라이보우 합창단 애국가 합창 개막식 두 시간.

23회 동계 올림픽 (2)

개막식 하이라이트 성화 점화될 때
세계인의 함성 평창 밤하늘 진동 하누나

스켈레스 모란봉 악단 현송월 단장
북한예술단 137명 강릉·서울에서 공연

각국 선수들 자기 기능 발휘에 최선
시상식장 자기국가 부르며 메달 받는 감회여!

컬링의 대표선수 이은정 일본이기는 순간
평창과 전국에서 외치는 함성 밤하늘에 퍼지네

열정의 횃불·열정의 노래
"내가 제일 잘나가" 들으며 바라보는 눈빛

이방카, 트럼프 대통령 보좌관 폐막식에 임석
올림픽 발상지 그리스 국기 게양되더니
올림픽기 하강 역사의 교훈 되도다

아이오씨 위원장 평창군수로부터 올림픽기 받아
24회 개최지 베이징 시장에게 전해주는데
올림픽 찬가 합창 속에 성화도 서서히 꺼지네.

금산 오대 전투

1592년 6월 22일경 천내강 따라 쳐들어온 왜군
'금산군수 권 종' 이 저곡산 위에 보루를 설치

상류지역에 황토 흙을 뿌려 수심파악 어렵게 하고
왜군의 도강을 막았으나 중과부적으로 관군순절

'방어사 곽 영' 의 요청으로 800명 지원해 준 '전라감사 이 광'
치열한 전투 끝에 금산성이 함락당한 개티전투

1592년 7월 8일 전주성으로 가려는 왜군과 접전
7월 9일 '전라도 방어사 곽 영' 과 함께 금산성 공격

관군이 궤멸 되었고 의병도 약화되기 시작
고경명의 전사와 약탈 살육 등으로 패한 눈벌전투

우리 진영으로 쳐들어와 육박전으로 싸우다
'왕 진' 이 조총 맞아 사망 후 '권 율' 이 선봉에서 호령

'기병장 권승경' 은 영정곡에 잠복, 퇴각 왜군을 섬멸
임진왜란 육전 첫 승리한 이 곳 이치대첩.

1592년 8월 15일 '조 헌'과 '영규대사' 연곤평에 도착
진을 치고 있었으나 적의 포위상태에서 모든 면에서 열세

'의병장 조 헌'과 '승장 영규대사'를 비롯 700여 의병 혈전
연곤평 벌판에서 모두 전사 왜군 퇴각 후 시체를 3일 치웠으나

다 거두지 못하고 불태웠으되 왜군 전라도 침공을 포기 시켰네
조헌의 제자 '박정량, 전승업' 등 모든 시체를 하나의 무덤 만들어
「칠백의총」이라 이름하고 사적 제105호로 지정 된 연곤평 전투

'해남 현감 변응전'과 '의병장 소행진', '전봉사 최 호' 등
장수가 횡당촌에 진 치고 왜적 공격하다가 전사

금산전투로 수세에 몰린 왜군 경상도로 철수 하였네
죽이고 죽고 불리했던 전란 속에서 곡창지대를 지켜내고

임진왜란 극복의 교두보 역할을 한 이 곳 횡당촌 전투.

임진왜란 최초 육전지

1592년 임진왜란 발발로 왜군이 침입
곡창지대 전라도 가기 위해 금산을 점령

용담 진안 거쳐 웅치로 가느냐
진산 지나 이치로 가느냐 망설이는 왜군

의병들이 이치에서 격퇴하고
눈벌전투와 연곤평 전투 등을 치루면서

전라도 침공을 포기하고 금산에서 철수
이치대첩은 소수의 병력으로

일 만 여명 왜군을 용감히 격퇴시킨
임진왜란 최초 육전승전이었네

금산군과 전북 완주군과 경계, 이치
대둔산 넘기 위한 교통로에 위치하여 있는 곳
배나무가 많아 이치(梨峙)라 불렀네

권율장군의 이치대첩 승전비와
사당 충장사가 그 시절을 증언하고
문화재 자료 제25호가 확인하여 주누나.

단재 신채호 선생

1880년 대덕에서 출생 7년 후 청원군 귀래리로 이사
1901년 문동학교에서 애국계몽운동 전개 후

내무부 문서부에서 이상재 신흥우 김규식 등과 근무
대한매일 논설진으로 초빙 한글판 가정잡지 발간

1910년 안창호 등과 함께 중국으로 망명
단재의식 교육기관 박달학원 개설

이상설 신규식 박은식 유동열 조성환 성낙형 이춘일 등
신한혁명단(新韓革命團)을 조직 역사문화 창작활동

대고구려 주의적 역사의식 고취 조선상고사 집필
1919년 상해 임시정부 의정원 충북의원 피선

'신대한' 주필 활동하면서 북경에서 박자혜 여사와 결혼
1922년 '의열단' 행동강령 '조선혁명선언'을 기초

1927년 '신간회' 발기
1928년 국제위폐사건으로 체포되어

1930년 대련법정에서 10년 언도받고 여순감옥으로 이송
1936년 2월 21일 여순감옥에서 순국 생애를 마감하심.

동상 앞에서

여왕의 계절 가정의 달 중순
푸른 숲을 헤쳐 금오산에 오르네

산성과 대혜폭포 지나 할딱고개
구미도시가 이글대며 생동하네

정성껏 준비한 도시락 펴 놓으니
음식박물관 방불한 다양한 솜씨들

서로 권하며 나누는 흐뭇함이여
산들바람 커피내음 별미로구나

귀로에 들린 박정희 대통령생가
외양간에 구유만 있고 소는 없구나

동상 앞에서 옷깃 여미고 묵념하는데
은은하게 들려오는 새마을 노래

새마을 운동에 참여한 일행들
그 시대 회고하며 눈시울 적시네.

밤하늘 공원

경북 영양 땅 무공해 청정지역
고층은 없고 단층만 오밀조밀
4차선 없는 시골길 아늑한 산천

현대 문학의 거장 이문열 고장
청록파 시인 · 수필가 조지훈 문학관
최초 시 전문지 발간한 오일도 생가

눈으로 한 번, 향기로 한 번, 맛으로 한 번
위대한 어머니 장계향의 음식디미방
전통음식 연구 지침서로 평가 받네

전기 줄이 지상에서 보이지 않는 특정지역
도시에선 볼 수 없는 맑은 밤하늘
축구장보다 넓은 잔디광장

누워 별을 세다가 푸른 하늘 은하수 합창
풀냄새 풍기는 밤하늘 공원 깊어가는 밤이여!

7대 큰 죄 (1)

1,500년 전 로마교황 그레고리(Gregory) 1세 540~604
인간이 저질러서는 안 될 7대 죄악을 지정

용서 받을 수 없는 7대죄를 오늘도 교훈하고 있네

첫째 : 교만이다
  겸손하지 않고 교만한 자는 추종자가 없고 공분을 부르게 되어
  사회에 엄청난 분열과 손실을 가져다주는 범죄라고 하네.
둘째 : 탐욕이다
  인간답게 살 수 있는 욕심. 한도를 벗어난 탐욕은 사회적 갈등의
  씨앗 되어 전쟁까지 부른 사례가 있다네
셋째 : 폭식이다
  잘 살고 잘 먹는 것은 인류의 염원이나 과는 금물
  돼지도 자기 위의 80%만 채우면 그만 먹는다고 하네
넷째 : 시기이다
  남이 잘 나가는 것에 대한 충격을 좋게 받아들이지 못한다
  남다른 아이디어로 발전에 기여하는 자를 높여주어야 하느니

7대 큰 죄 (2)

다섯째 : 나태이다
  이솝우화 365번째 토끼와 거북이 이야기가 교훈이다
  나태를 성실로 바꾸면 사회가 살찌고 빈곤에서 벗어난다
여섯째 : 분노이다
  '화' 를 삭히지 못하면 만병의 근원이 된다
  분노를 인내로 삭일 수 있도록 마음을 다스려야 하느니
일곱째 : 정욕이다
  미투 운동은 성도덕이 무너짐으로써 사회가 혼탁하고
  윤리가 무너져 통제 불능 사회가 되기 때문에 정결이 요구되네

7대 죄악을 피하려면
  자기 수양, 자기 내공, 위기관리 능력이 필요하네.
  위기는 위로 치고 올라가는 변곡점이므로
  나와 조직을 반전시키는 기회가 된다.
  바르고 옳은 것을 추구하는 정신이 행동의 기준이 될 때
  7대 대죄를 벗어나 건전사회를 만들게 되리라.

춘장대의 낭만

서해의 비인만 아득한 수평선
예부터 이름난 동백의 꽃동산
달빛이 깨끗한 전설의 춘장대
세월의 그림자 노을에 붉게 타는가

두 눈빛 마주한 연인들 머문 곳
내밀한 언어에 사랑의 꽃향내
잔잔한 물결은 가슴에 안겨와
파도여 젊음의 낭만을 노래하여라

마량포 노을에 눈부신 꽃구름
고요의 바닷가 뒤엉킨 인파에
하늘의 끝 향한 불타는 푸른 꿈
풍광이 빛나는 춘장대 오! 내 사랑.

탄핵과 파면

도둑이 세상을 누비고 다녀도
잡는 자만 처벌하는 세상

내우외환의 큰 죄는 아니지만
뇌물관련 법을 위반하여

헌법재판소 8인 재판관 탄핵으로 3월 10일
파면당한 18대 박근혜 대통령

안타까워하는 장년층과 노인들
당연하다고 하는 청소년과 젊은이

건국 이래 처음 겪어보는 대통령 파면
민주주의 성숙이냐 분배의 외침이냐

후일 역사 쓰는 이가 평가 하겠지만
초라한 모습으로 청와대 떠나는

발자욱 마다에 고인 후회와 탄식
다음엔 되풀이 안 되기를 바라며

세계 앞에 부끄러운 나라된 것을
깊이 반성 준법의식 다져나갈 진저.

섬기는 자

좋은 나무가 나쁜 열매를 맺을 수 없고
나쁜 나무가 좋은 열매를 맺을 수 없지만

못난 소나무는 선산과 고향을 지키네

꽃은 소리 없이 피어나고
사랑은 불타도 연기가 없어라

잘 자란 자식은 국가에서 부르고
그 다음으로 키운 자식은 처가를 섬기며
적당히 자란 자식만 부모를 섬기네

예산 출신 추사 김정희 세한도에는
한겨울 추워져야 잣나무 소나무가
쉽게 시들지 않음을 알게 된다 하였네

척박한 땅에서 자란 소나무
우리가 그런 나무임을 깨달아
자신을 바로 알고 섬기는 자 되기를!

웃음은 해독제

하늘은 채워진 것을 덜어 겸손한데 주고
땅은 채워진 것을 흔들어 겸손한 곳으로 보낸다.

사람은 채워진 사람보다 겸손한 자를 선호하며
교만 · 자랑 · 과시보다 낮추는 마음을 원하네

남의 잘못을 보지 않고 자기 허물만 보며
수신제가의 꿈을 꾸며 살아가리

웃는 기회를 많이 만들어 남을 기쁘게 하고
서로 즐거워하는 웃음꽃을 가꾸는 인생

웃음 없이 부자 된 사람도 없고
웃고 살았는데 가난한 사람도 없다네

가정의 행복, 사업에 활력을 주고
친구 간에 친근 · 신뢰 · 평안을 주며

실의에 빠진 자에게 소망과 희망을 주어
삶의 독을 해독해주는 웃음 내 마음에 있네.

이성지합

오색 물방울 하늘에서 내리고
안개구름 땅에서 피어나는데

구름 위에서 백년을 가약하는
단정한 그 모습 경건하여라

청색홍색 불꽃 사이로 퍼지는
소중한 교훈 청중을 사로 잡네요

마주보며 부르는 두 천사의 축가
하객의 마음을 시원하게 적시네

케이크 절단과 러브샷의 의미
멋진 키스로 사랑을 확인하고

천사들의 환호 속에 구름 헤쳐 나가
행복의 문으로 들어가는 일심동체

제일호텔의 성결한 예식 감탄하였네

할미꽃

굽은 허리 지팡이 벗 삼아
머리에 서리이고 사는
할매가 샘이 난 할미꽃
네 식구 마주보며
오솔길 가 피어있네

산수유 노란색 퍼지는
춘삼월 지난 사월의 아침
눈꽃이 웬 말인가

제 몸 녹여 풍년 돕는데
그 꽃나무에 집을 짓고
이웃끼리 오순도순
길조의 아침인사

벌과 나비 코가 막혔나
냄새가 없어 못 오는가
하얗게 만개 된 은빛 동산
눈으로라도 만끽하려무나.

그리움

흰 눈으로 갈아 입은 산
주위는 온통 은세계
주목나무에 핀 눈꽃
함께 즐기던 시절 부상
자연은 의구한데 인걸은 어데

저문 날 솟아나는 그리움
놓친 고기가 크다 했는데
대처 못한 때 늦은 후회
남의 품에 안기운 그대
눈 날리는 산기슭 고개
뛰어넘어 불쑥 올라 왔네

손짓하며 다가오는 형상
잊어야 할 인연 알면서도
사랑의 미로 홀로 헤매는
연모의 심령 첩첩 쌓인
황혼의 그리움인가.

바 다

댐 저수지 강 하천 하수구 오물
모든 물을 묵묵히 받아들여 정화하여
어족의 운동장으로 제공하여 주네

들물 때는 파도 되어 억세게 밀려오고
썰물 때는 잠잠하여 흐르는 그 모습

대어는 중어식 중어는 소어식
떼 지어 힘차게 뛰노는 그들 세상

바다를 일터 삼아 생업하는 어부
검게 타 버린 얼굴 흥겨운 노래

무한대한 수산자원 품어 지키며
깨끗한 물 더러운 물 다 받아 들여

3% 염분으로 바닷물 변질을 막고
억센 파도로 각종 오물을 정화하는
그 이치 넓은 사랑 본받아 살리라.

아름다운 열매

훌륭한 말은 훌륭한 무기와 같으니
성실한 한 마디의 말은
백 마디의 헛된 찬사보다 나은 것이네

슬기롭고 지혜로운 생각으로
언행을 삼가 항상 조심하여

지난 뒤에 뉘우쳐 후회하지 말고
입술과 혀를 잘 지켜
입의 열매를 아름답게 가꿀지니라

우리 모두 그 날 할 수 있는 일에
최선을 다하는 멋진 삶으로

주변의 사랑과 인정을 받아
모범 된 생활자취를 남겨야 하느니!

장미의 교훈

여왕의 계절 햇살을 머금은 장미넝쿨
온천초등학교 긴 담장에 어울려 늘어져

아름다운 자태 뽐내어 이글대며
유혹하는 향기의 눈빛 설레이게 하누나

음미하며 지나다 냄새 맡다가 어루만지고
꺾고 싶은 충동 자제하며 10분 걸었네

네온이 꽃 피는 강남의 밤거리
장미 한 송이 손에 들고서 노래하는 강남 멋쟁이
노래 가사가 떠올라 더욱 도취 되도다

피어 만개할 때와 지는 때가 있나니
지금 내가 어디에 서 있는지 점검하여
후회 없는 나날을 값지게 엮어 갈진저.

의인의 번성

의인은 종려나무같이 번성하며
레바논의 백향목 같이 성장하고

늙어도 여전히 순수하게 결실하며
진액이 풍족하고 빛이 청청한다네

나의 발이 미끄러진다고 말할 때
인자하심이 나를 붙들어 주시고

내 속에 근심이 많을 때에 위안하사
영혼을 즐겁게 하여 주심으로
기쁨으로 섬기며 노래하며 나아가리로다

경외하는 자를 긍휼히 여겨
너그럽게 만들고 은혜를 주시며

선물 주기를 좋아하면 친구가 많아지고
허물을 용서하면 자기의 영광이 되겠네

사모하는 영혼에게 만족을 주고
주린 영혼에게 좋은 것으로 채워 주리라

계명을 지키면 훌륭한 지각을 가지게 되고
후손들이 강성하고 복을 받게 되리.

흰 눈의 교훈

부드럽고 포근하여 모두 품어주고
감싸 껴안고 낮은 자리 차지하여
넉넉한 사랑 나누는 이웃사촌

순결하고 갸륵한 아름다움
바람 따라 구름 따라 흘러 흘러

죄 많은 이 세상에 살포시 내려앉아
불의와 부패를 다 덮어 버리고
묵묵히 지켜보는 인내의 쉼터

우수경첩 지나면 스스로 녹아
씨 뿌리는 가슴 적셔주고
풍요를 약속하여 꿈을 키워주네

엄동설한 땅에 내려앉아
정의로운 세상 바라다 사라지는

하얀 눈 세상 큰 교훈 되도다.

회복을 바라며

사회인으로서 교양에 관한 지식
자기 직업에 대한 전문 지식
인간으로서 갖추어야 할 깊은 지식

균형적인 인격을 형성하여
흥어시(興於詩) 성어악(成於樂) 입어예(立於禮)
시와 찬미와 신령한 노래를 즐기며
타고르와 그룬트비히를 교훈 삼아
빛의 세상으로 회복되기를 원하노라

넬슨의 함포사격으로 폐허된 국토
프랑스 나폴레옹에게 빼앗긴 본토
독일군에게 점령당한 남부 곡창지대

겨울에도 맨발로 사막을 거닐던
1860년대 서글프게 침몰하던 덴마크
코펜하겐 대학생 600명에게 강의 도중
'소녀여, 이리 오너라'를 반복 합창
국운회복의 기폭제가 되었던
그룬트비히의 애국 특별 강연
그런 지도자 나타나기를 바라는 간절한 마음.

문필의 힘

설화산 정기 받아 성장한 땅
어금니 바위에서 이름 따오고

힘 있게 솟아오르는 온천3형제
몸과 마음을 정화한 33만

좋은 지역 가꾸어 가는 문필 50
당당하게 성숙해 가는 아산문학

노년은 풍성한 경험을 바탕으로
젊은이는 진취적 기상으로
평화의 동산을 조성하리라

마른 떡 한 조각 먹고도 웃는 즐거움
따르는 자가 많은 것은 왕의 영광

멀리에서 스스로 다가오고
가까이 있는 자가 기쁨을 나누는
위대한 세상 문필의 힘으로······

낮아져야 행복하다

좁다란 골목길에서 자동차가 마주쳤는데
누가 먼저랄 것 없이 서로 후진하다가
마주보며 웃는 모습 행복한 정황이어라

꽃이 더 아름다울 수 있는 것은
받쳐주고 있는 푸른 잎이 있기 때문이듯
이웃의 관심 덕분에 내가 있음을 감사하리라

길거리 좌판에서 채소 파는 할머니
젊은 새댁에게 덤이라며 더 주는데

"할머니 괜찮아요." 사양하면서
"제가 덜 먹으면 되니까요. 놔두고 파세요."
지나는 행인들 미소 지으며 격려 하누나

밤하늘에 별들이 반짝이며 웃는 것은
어둠을 감내하며 물러서 있는 하늘 때문이듯

비우고 낮아질 때 가까이 다가오며
고요히 순수하게 번지는 행복을 느끼게 되리.

땅을 다스리는 조건

혀는 몸의 지체 중 작은 것이나
쉬지 않는 악이요 죽이는 독이 가득한 것이니
잠재워 그치게 하여야 할 지니라

말은 희망도 주고 절망도 주나니
입술을 다스려 입을 잠잠케 하여야 하리

칫솔은 소금물에 담가 소독하고
소주와 소금물로 옹물어 뱉으면

12,420종 질환 중 성인병 70%가 겪는
잇몸질환을 예방할 수 있게 되네

이웃에게 불쾌감이나 상처를 주지 않도록
혀와 입술을 슬기롭게 잘 다스려
땅을 차지하는 축복을 누리며 살리.

영혼의 연금술

46. 8. 함양에서 태어난 기이 소설가
탁월한 상상력 빼어난 언어 연금술

독특한 리얼리즘의 작품세계 구축
철학적 삽화가 돋보이는 우화집

겨울나기 · 꿈꾸는 식물 · 황금비늘 등
많은 소설을 펴낸 천재 이외수 선생님

넓은 대지에 자유스럽게 펼쳐있는 공간
짜임새 있게 배열된 돌비 그리고 시

읽어 내려가는데 승차 독촉 받고 떠나면서
참 대단하다 감탄 연말 연발

'그대 이름 내 가슴에 숨 쉴 때까지'
개인별로 싸인하여 주는 정성

약간 긴 머리, 덥수룩한 수염, 웃음 주는 인상
문학으로 꽉 차있는 고매한 인격
존경심 일어 악수하며 떠나는 아산 문인들……

제 **4** 부

함께하는 가슴

함께한 보람

아침햇살 돋을 때 드러내고 서 있는
아산의 남산… 그 언저리 거니는 나

타고난 마음씨 각각 다르듯
산행속보 같지 않은 두 연인

따라가자니 힘들어 피곤하고
내 생각대로 걷자니 뒤처지네

쑥구덩 가시덤불에 빠져도
둘이 호젓이 묻혔다고 생각하면
반드시 동행해야 하는 의무감이 생기네

돌과 나무뿌리에 채이면서
천년바위에 이르러 긴 호흡 할 제
어울려 함께 한 보람 크도다

가져온 간식 펼쳐놓고
권하며 나누어 먹던 사랑과 그 맛

산행할 때마다 회상되는 감회여!

친 구

친구간의 만남에는
서로 메아리를 주고 받아야하네

마음의 그림자처럼 함께 하고
항상 그리움이 따라야 하느니

영혼의 진동과 눈뜸을 통하여
자신을 진솔하게 다스리는 삶

나를 먼저 좋은 친구 감으로 다듬어
내 부름에 응답하는 이웃을 두어야 하리

하늘처럼 밝게, 하늘냄새 풍기며
그 향기 따라 다가오는 친구

이슬내린 토마토 밭에서
완숙한 것을 보는 순간
그 설레임을 전해주고 싶은 벗

영혼의 그림자를 그려 보며
큰 보람을 느끼고 삶의 바탕 되는
그런 친구가 많아지기를!

붕우유신

자주 만날 수 없어도
친구가 있음은 소중한 축복이네

멀리 있어도 부를 수 있는 벗
나에게 행복감을 더해주나니

그런 친구 만날 때면
봄날의 기쁨을 느끼게 되리

생각만 해도 그리움 설레이고
이름 부를 때마다 내 안에

찰랑이는 물소리를 들려주며
서로 위해 격려하여 기다리고

아름다운 우정의 꽃을 피게 하며
고락을 함께 할 수 있는 매력 있는

우정이 철철 넘쳐나는 이웃
붕우유신 되새기며 기도하는 친구 되기를!

우리네 인생

나를 낮추고 긍정적인 말로
서로를 소중히 여기는 인연들

바람 불고 구름 흐르는 사연
시냇물 소근 대는 소리에도 귀를 기울이네.

상대의 아름다운 점만 바라보면서
추켜 올려주며 축복하는 나날

어려움 몰려와도 헤쳐 극복하고
자기 일 스스로 해결하는 지혜여!

원하지 않아도 가는 게 시간이고
밀어내지 않아도 만나지는 세월

앞섰다고 생각되면 멈춰서고
뒤쳐졌다고 느끼면 빨리 가서

더불어 어울려 노래하면서
오손도손 선을 이루는 우리네인생.

그리움 주는 말

호수에 던진 돌이 파문을 일 듯
말의 파장이 운명을 결정하나니

신나고 좋은 말로 하루를 밝게 열어
말의 에너지를 충족시키며 살아야하네

미래에 대한 꿈과 소망을 품고
이루어지기를 바라는 간절한 기도로
소통이 성취되어 감사한 시간되기를!

평안의 날개를 활짝 펴고
햇살타고 울어주는 새들의 노래처럼
기쁨의 이슬로 내리는 소리도 듣게 되리

말에는 각인효과(刻印效果)가 있나니
같은 말을 반복하면 효험이 적게 되네

착한 마음 가득히 안고 향기 나는 말로
찰랑이는 물결위에 사무쳤던 그리움
가슴 열어 맞아들이는 아름다운 삶을!

새옹지마

인생 항로
파도는 높고 폭풍우 몰아쳐 배가 흔들려도
한고비 지나면 구름 뒤 태양이 다시 뜨고
고요한 뱃길 순항의 내일이 꼭 찾아오네.

꿈과 희망이 있기에
내일이 아닌 그 훗날이 있지 않는가?

어제는 어제대로 좋고
오늘은 내일을 기약할 수 있기에 더 좋은 것을!

내일을 위해 오늘을 즐겁고 활기차며
건강하고 행복하게 보내야 하느니
날마다 웃는 일만 있을 수 없고 울 일만 생기지 않는다

웃을 일 생기면 시원하게 웃고
울 일 생기면 가슴 적셔 울어주면서
행복도 불행도 나의 몫임을 깨달아야하네
인생은 새옹지마라!

택함 받은 '대진'

회사 경내 가장 윗자리에 서원전당 마련
감람산 기도 상기하며 우러러 비는 모습이여

현숙함과 덕행이 진주보다 더한 내조자
베풀며 감싸 도와주고 의지하여 섬기는 파트너

근면 성실 정직한 언행으로 축복 받았네
신선한 야채 다양한 과일 주렁주렁

손수 캔 더덕과 직접 뜯은 상추 따 모은 앵두
들고 가며 좋아하는 생명나무교회 성도들

음봉에 본사 서울에 지사 영인에 KDF 공장
구미와 베트남에 대진 전지(電池)회사

50개 나라 500개 거래소에서 보람 찾는
데코리아 타일, 일취월장 성장하는 '대진'

재물과 부요를 능히 누려 즐기게 하신 신의 선물
항상 형통하여 지경이 더욱 넓혀지기를!

원만한 삶

의욕적인 꿈을 가지고 여유 있게 행하면
후회 없는 인생이 아름답게 다가오리라

양보하며 부족하게 살아도 밑질게 없고
야무지게 살아도 뾰족할 것 없나니

모나지 않고 둥글둥글 소탈한 생활로
주변의 지탄을 받지 말아야 하네

무한대한 욕심은 마음에서 지워 버리고
도와줄 수 있는 한 이웃에게 베풀면서

때로는 져주면서 속을 줄도 알아야
호응하여 따르고 인정하여 주리니

낮은 자리에서 상대를 높여 섬기고
우대하며 감싸 덮어주면서 살 지니라

어느덧 서산에 그물그물 노을 지면
가지고 갈 수 없어 빈손으로 떠나야 하느니.

멋진 삶

진실한 친구가 있는 행복한 사람
따뜻한 마음씨 인자한 성품으로
남에게 유익을 주는 멋진 삶

가슴이 넉넉하여 남을 먼저 생각하고
착하고 여유 있는 삶으로 보살피면서
상대의 잘못을 과감하게 용서하는 멋진 삶

성실한 생활로 남의 필요를 충족시켜 주고
진실한 언행으로 남에게 본을 보이므로
훌륭하다 칭찬과 선망 받는 멋진 삶

내가 누구한테 사랑을 받고 있으면
나도 남을 진심으로 사랑함으로써
삶의 의욕이 증가되는 멋진 삶

매사를 긍정적으로 인정하는 습관
기쁨과 즐거움과 감사로 사는 인격
가장 행복하고 가장 멋진 삶이로다.

멋진 인생

젊음을 부러워하는 것은 몸과 마음을 약하게 하나니
움켜쥐기를 버리고 인생을 아름답게 장식해야 하네

밝은 생각으로 불안과 초조를 배척하고
남에게 의존하지 말고 자신관리에 힘쓸 것

잘난 척 아는 척 있는 척 하지 말고 감정에 솔직하여
아무 일에나 참견하지 말고 후원과 격려에 치중할 것

신앙생활은 인생 석양을 우아하게 하나니
항상 기뻐하며 감사하도록 연단할 지니라

자신의 연민에서 탈피하여 나약함을 노출하지 말고
인생 계획을 세워 관조하는 지혜를 구할 진저

체념할 것은 빨리 체념하고 새로운 행보를 출발하여
지금이 인생의 시작이라는 생각으로 거듭나야 하리

좋은 우정의 만남에서 사랑의 잔을 거듭 마주치며
"당신 멋져!" 라고 외치면서 살아가는 인생.

좋은 친구

이래도 한 세상 저래도 한 세상
자네도 빈손 나 또한 빈손으로 갈 텐데

있다고 오래살고 없다고 짧게 사는 것 아니라네
백년도 못 사는 짧은 인생길……

천 년 살 것처럼 욕심내며 고민하다가
욕망으로 남을 다치게 하고 세상을 등지는가?

한 번 왔다 한 번 가는 인생 웃으며 여행하세
주위 사람과 진솔하게 사랑 나누며

의지하고 도와 감싸며 어울려 나아가
서로의 인연을 소중하게 여기는 친구 되어

혼자 여행할 수밖에 없는 버거울 때가 와도
항상 곁에 두고 싶은 신실한 친구

당신이 그런 친구 되었으면 참 좋겠네
인생에서 가장 큰 선물 좋은 친구가 아닌가……

버팀목 같은 친구

바람 앞에 서 있는 나를 포근히 감싸주는
해바라기 같은 친구 옆에 두고 싶어라

시리도록 투명한 하늘 바라보며
그 곳에서 그리움 하나 가슴에 담고

천금 같은 미소로 꽃향기 전해주는
공의롭고 진솔한 자랑스러운 이웃

옆에 머물러 있음에 행복해지는 친구

비 내리는 어느 날 목적지 없는 낯선 곳에서
헤매며 방황할 때 보이지 않는 가슴으로

나와 동행하며 나를 버팀목처럼 부축해주며
때때로 추억 속에 깊이 잠겨서 광야를 망각한 채

레테의 강물위에서 위대함이 보이더라도
언제나 그 자리에서 변함없이 손 내밀어
잡아줄 소나무 같은 참 좋은 당신 내 친구여!

이타적 인생 (1)

좋다고 달려가지 말고
싫다고 달아나서는 안 되는 관계

멀리 있다고 잊어버리지 말고
가까이 있다고 소홀히 해서는 안 되네

악을 보거든 뱀을 본 듯 피하고
선을 보거든 꽃을 본 듯 반겨야하리

부자는 빈자를 얕잡아 보지 말고
빈자는 부자를 아니꼽게 생각하면 안 되네

베푸는 일에 보답을 바라지 말고
받은 은혜는 작게라도 보답할지니라

남의 것 욕심내어 앞에 서지 말고
내 것을 주는 데는 뒤에 서면 안 되느니

남의 허물은 덮어서 다독거리고
내 허물은 들추어 다듬어 공의롭게 살아가리.

이타적 인생 (2)

사소한 일로 원수 맺지 말고
이미 맺었거든 맺은 자가 먼저 풀라

세상에 태어났음을 원망하지 말고
세상을 헛되이 살았음을 한탄할 지니라

타인을 쫓아 헐떡이며 살지 말고
내 인생 분수 지켜 여유롭게 살아가리

나를 용서하는 마음으로 남을 용서하고
내 잘못을 숨기듯 타인의 과오도 감싸는 삶

보낼 때는 야박하게 하지 말고
떠나는 사람 뒤끝을 흐리게 하면 안 되네

언제 어디서나 중용 지키며
선·악을 분별하여 긍정적으로 살아가리

감사할 조건과 은혜를 헤아려
이익 앞엔 타인, 손해 앞엔 자신, 이타적 인생.

나그네 길

언제 떠나는지 서로 몰라도
웃기도 하고 울기도 하면서

함께 가다보면 갈림길이 다가오네
신중히 헤아려야 하는 인생길

더 사랑하지 못했음을 탄식하지 말고
자존심 버리고 이웃사랑 실천 할 진저

용서하며 감싸고 베풀며 살아도
백년도 못 사는 한계를 맞으리라

무거운 짐 지고 고달프게 살지 말고
마음 문 열어놓고 모두를 수용하는 삶을!

때로는 자랑하고 때로는 겸손하며
손가락질 받지 않도록 조심하고

손해를 감수하고 남을 배려하며
후회 없는 나그네길 묵묵히 같이 가세.

삼밭 같은 인생

혼자 자라면 반드시 굽어지는 쑥대
삼밭 속에 자라면 저절로 곧아지고

좋은 벗들과 사귀면
좋은 사람 되는 이치를 이해하여야하리

좋은 환경에서 훌륭한 친구들과
교분 관계 맺으며 살다보면
동화되어 올곧게 자라게 된다는 교훈!

누구와 함께 하느냐에 따라
그 인생의 앞날이 좌우된다 하였네

올곧고 덕망 있는 당신 나의 삼밭이로다
긍정적인 마음으로 진솔하게 사랑하며
한 번 맺은 인연 영원히 이어나가세 그려!

섬기는 삶

내가 사랑한 만큼 사랑 받고
남을 도와 준 만큼 도움 받는 세상

심지도 않고 거두려하지 말고
나를 낮추고 남을 높여 추켜 주며

서로 아끼고 사랑해도 허망한 세월
어울려 나가는 부드러운 삶을!

인생길 언덕 넘으면 헤어지는 나그네
싸우고 미워하며 상처 남기지 말고

지금 살아 있음에 감사하며
헤어질 때를 준비하는 마음으로

이웃을 소중히 여겨 배려하면서
살아온 길 뒤돌아보는 여유를 가지고

감사와 사랑으로 섬기며 살아갈진저!

매력적인 삶

누추하고 어리석은 말이나
유혹의 욕심을 떨쳐버리고
넓은 마음으로 인내하며

겸손하여 잠잠하고 온유하여
이웃의 빈곤과 필요를 충족시켜

기쁘고 즐겁게 살면서
마음을 사로잡아 끌어당기고
모두를 주고 싶은 생각이 일어

편안한 느낌과 헤아림으로
매력적인 삶을 엮어 나아가

후회가 적은 값진 삶으로
타에 모범이 되기를 원하며……

당 신

함께해도 즐겁지 않은 친구 되지 말고
짧은 문자에도 미소 지어지는 사람이 되어야 하리

이름을 생각하면 피하고 싶은 친구도 있나니
이름만 들어도 못내 아쉬워지는 사람 되시게

등잔 밑이 어둡듯이
가까이 있기에 소중함을 모르고 있지 않은지?

우연히 만나 관심 가지면 인연
상대를 위해 배려하면 필연

세 번 만나면 관심생기고
여섯 번 만나면 마음 문이 열리며
아홉 번 만나면 친밀감이 생긴다했네

그리운 사람으로 남도록 착하게 살아
떠오르면 보고 싶은 친구

눈감고 생각나는
그리운 사람이 당신이라고 믿고 있네.

힐링 할 수 있는 노년

돈 가방 가지고 요양원 가서 자식자랑하고
병원 특실 독방에서 학력 자랑하며
전철 경로석에서 어깨에 힘주는 노년

움막에서 고스톱 치며 즐기는 것만 못하나니
건강하고 행복한 삶을 은근히 원하거든
친구 찾아가 점심 대접하는 습관을 기를 지니라

손 대접에 인색하고 이웃사랑 외면하며
과도한 탐욕이 일거든 흐르는 물을 교훈삼아

정직하고 의로운 삶으로 현실을 족하다 노래하고
아낌없이 베풀면 반드시 여명을 맞으리라

돈과 명예는 아침이슬같이 사라지고
허무하고 헛된 후회의 씨앗일 뿐이네

개똥벌레는 뒹굴어도 세상을 즐겁게 여기나니
낮은 자리를 더듬어 찾아가는 삶으로
상쾌한 노년을 힐링 할 수 있도록 노력하리라.

나무심기 운동

먼 산에 희뿌연 것
안개도 구름도 아닌 미세먼지와 황사

외출자제 마스크 권장
초등학교 휴교하기도

몽고 허허벌판 넓은 땅
모래사장에서 휘감아 회오리

동쪽으로 이동 억세게 몰려와
생물마다 호흡곤란하게 하누나

해마다 되풀이 되는 황사와 미세먼지
중국, 한국, 일본 합심하여

한 가구 한 그루 심어주기 운동으로
푸른 숲 가꾸는 일 시급하여라

나무 심어주기 운동으로 황사 없는 세상
우리 세대에 만드는 지혜 모을진저!

그날의 함성

3.1운동 이후 노량, 서울, 상해의 임시정부를 상해로 통합한 후
윤봉길 등 애국단의 의열 투쟁으로 일제의 탄압이 심하여

상해를 떠나 항주 가흥 진강 장사 광주 유주 기강 등을 거쳐
1940년 9월 중경에 정착 광복군 창립 조국재건에 착수

1941년 1월 28일 대한민국 건국강령 공포 1942년 통합의회구성
1944년 연합정부 세워 조국독립에 대비 헌법을 마련했네

청원외교를 참전외교로 바꾸어 카이로회담과 포츠담회의에서
한국독립을 보장받고 지역특성에 맞는 군사정책을 택하여

1932년 중국육군 군사학교 낙양분교 한인특별반을 설치
1941년 태평양 전쟁 났을 때 대일선전 성명을 발표

연합군의 일원으로 인도와 미얀마전선에 참전 하였네
1945년 일제 패망으로 임시정부 요인과 광복군은

이국땅에서 기나긴 투쟁을 마치고 기쁜 눈물로 환국
태극기 앞에서 부른 감격의 애국가와 독립만세의 함성
이기상과 이 맘 으로 충성하리라 다짐 하였네.

아산의 아침

새벽 잠 박차고 나선 산책길
신정호 돌면 한 시간 남산 내왕 두 시간

신정호로 갈까 남산에 오를까
망설이다 선택한 남산 산행

낯선 사이지만 먼저 인사하는 매너
상대를 배려하는 흐뭇함이여

체육시설장 장악한 여인들
제각기 운동기구와 씨름 하누나

정상에 둥글게 모여 녹음기에 맞춰
체조하는 혼성팀 즐거운 표정

친구와 이런저런 대화하다보니
어느덧 갓 바위에 이르렀네

신선한 아침 산 공기에 취해
하루를 내딛는 아산의 아침.

족한 줄 알면 욕됨이 없다

우울한 마음은 흘러간 과거에 매이고
불안한 생각은 미래만 내다보게 되므로
현재에 만족을 느끼며 감사하게 살아가리

나아가지 않으면 목적지에 이르지 못하고
행하지 않으면 뜻을 이룩할 수 없으니
허송세월 하지 않도록 지혜를 구할지니라

저가 내게 해악을 끼쳐도 탓하지 말고
강 언덕에 앉아 고요히 흐르는 물을 보노라면
머지않아 그의 시체가 떠내려가는 것을 보리라

그릇이 비어있어야 채워지는 이치를 깨달아
꾸밈없는 진실한 말로 정직하게 살면서
탐욕스런 무리한 행복을 좇지 말아야하네

적게 가지면 소유, 많이 가지면 혼란
과도한 욕망은 참사와 재앙을 부르나니
족한 줄 알고 머무를 줄 아는 인생 되기를……

따뜻한 물의 효험

체지방 분해, 체중감량을 원하면
아침에 따뜻한 물 마시는 습관

신진대사도 원활해지고
답답한 코와 목에도 도움 되고

감기, 기침, 인후염에도 자연치료효과
가래는 용해해서 기도를 뚫어주고
체온상승, 몸의 독소배출, 노화예방
피부에 탄력을 주며 세포의 재생을 돕네

모발도 윤택하게 하고 모근에 활력소
혈액순환, 신경계통 개선에도 도움주네
식사전후 냉수는 음식지방성분을 경화시켜
장 내벽에 침윤현상이 생긴다 하니
식후 30분 뒤 온수를 마셔 건강한 삶을……

아산의 명소

햇살 쏟아지는 대낮
은빛 가득 잔잔한 호수

아버지 어머니 사랑하고
형제와 자매 우애하며

친구들 도란도란 애인은 소근소근
평화의 산책길 5킬로

마산정 향연정 명암정
역사문화정서 일깨우네

테마 공원의 신 · 구 조화
운동기구와 놀이터 다양하고

많은 식물 마주보며 자라는 듯
초가집 지키는 염소의 눈동자
수탉 날개 치며 정오 알리누나

카페에서 전망하는 신정호 야경
과연 명소로구나 감탄 또 감탄.

수도권 전철

비둘기호 무궁화호 새마을호
춘하추동 달려온 장항선

어느 새 비둘기호 자취 감추고
누리로가 새로 등장하더니

이제 수도권 전철이 신창까지
변화되는 교통수단 편리한 세상

서울에서 신창까지 42개역
두 시간 반에 오가는 혜택

삼라만상 벗 삼아
산과 들 터널 지나며

풍광에 취해 속삭이는 나그네
아름다움을 합창하는 즐거움

아산까지 연장한 수도권 전철
감사한 마음 잊을 길 없구나.

고달픈 인생

태어날 때 울면서 나온 인생
양껏 벌어도 먹는 건 세 끼
기껏 살아도 백년은 꿈일 뿐이네

못 산다고 슬퍼말고 못 났다고 비관마라
지위가 높아지면 외로움도 더하나니
부자 중 제일은 마음편한 부자라네

자리 중 제일은 마음 비운 자리이며
하늘이 무너질 걱정도 하늘의 몫이지
사람의 몫은 아님을 깨달아야 하리

분수에 넘치는 탐욕이 일거든
위에서 아래로 흐르는 물처럼
이치와 양심을 거스르지 말아야하네

미움과 증오로 분노가 움틀 때에
얼음이 녹아 물이 되듯 감정을 녹여
용서와 화합으로 고달픔을 달래며 살리라.

광명동굴

1903년 설립 된 가학리 시흥광산
1912년 채광 이후 1955년 까지
금, 은, 아연 등을 채굴한 보물 창고

갱도길이 7.8km(개방 2km)
275m지하로 내려가는 135개 계단
갱도 층수 0레벨~지하 7레벨 총8레벨

발파요령 시범보이는 일본군인 눈빛
지하 동굴 속에서 출산한 가냘픈 산모
산모 옆에 애기를 안고 있는 초라한 할머니

웃옷 신발 다 벗어버리고 구슬땀 흘리는 우리 광부
그 옆에서 감독하는 일본군인 총 뿌리
학대받던 노예의 수치 세월 광부의 시름이여

1972년 폐광될 때까지 사연과 눈물이 많았던 터

저장과 숙성에 적합한 와인동굴 13도
전국 49개 와이너리에서 생산되는 170여종
2016년에 43,000병 판매된 국산 와인

근대산업 유산으로 보전 활용한
선광장의 산업시설 학술자료의 주요시설 이어라.

제 **5** 부

여행은 즐거워

울릉도 (1)

신리지중 마립간 13년512년)
이사부가 우산국을 정벌하고

1693년과 1696년에 이용복이 일본과 담판지어
울릉도와 독도가 조선영토로 인정받은 땅

1883년(고종 20년) 개척인 16호 54명 입도
도둑, 공해, 뱀이 없는 3무
향나무, 바람, 미인, 물, 돌이 많은 5다

천혜의 비경 생기 넘치는 관문 울릉읍
깊고 그윽한 역사문화중심 서면
마음에 울렁이는 자연의 극치 북면

도동, 저동, 서동 3항구 분주 하여라
동백, 마가목 터널 지나 일출 전망대

죽도, 관음도, 저동이 한 눈에
서동리 일원, 자생 식물원, 환경친화형이로다

도동 해변에 세워진 독도는 우리 땅 노래비
일행이 한마음으로 읽으며 우리 땅 수호만세 다짐.

울릉도 (2)

오징어잡이 배 몰려 있는 저동항
촛대바위에서 보는 일출 장관이로다

우리나라에 처음 만든 독도박물관
역사, 자연환경, 식·생물 느끼며 감상

전망대 안내하는 케이블카
눈에 드는 창조 신비 음미하며
바다 끝 수평선 감상하다가

문득 시내산의 운평선이 떠오르고
초라한 모세교회가 회상 됐네

부속섬 중 큰 대나무 많은 죽도
나선형 계단 365개 인상적이네

쾌속유람선 타고 섬 일주 2시간
갈매기 먹이 주며 즐기는데 하선고동 울리네

기암절벽, 천연동굴, 무지개다리
우산국 우해왕이 신라 이사부에게 항복한
투구바위 그 시절을 말해주누나.

울릉도 (3)

등산, 바다낚시, 레저 즐기기 좋은 섬
여름엔 오징어 축제, 가을엔 전통우산문화축제
겨울엔 산악스키페스티벌 인파

섬백리향과 울릉국화 희귀보호식물
신령수 가는 길 알봉단풍 유명한 곳

지상에 내려온 세 선녀 바위로 변한
해상 비경의 으뜸으로 손꼽히는 삼선암

자생분재, 자연석 이용한 바위조형물
자생수목 전시와 자연몽돌 발 지압코너
작은 폭포 세 군데 문자로 조각한 예림원

일본 측에서 독도가 조선 땅임을 밝힌 자료가 있는
안용봉 기념관엔 그의 독도수호정신이 생동하네

고대 우산국 도읍지로 추정되는 현포
석물석탑 고분군이 그 시대를 전해주누나

원시림 그대로 간직하고 있는
석목에서 관음도 가는 길 보행연도교

죽도 사는 부부 한 가정 즐거울까? 외로울까?
논쟁하다가 호박엿 먹으며 독도로 향했네.

갓바위

온양온천의 남산
계단 길옆에 핀
개나리와 할미꽃
향기 진동하는데
시원한 바람 스며드누나

멀리 보이는 신정호
쾌속 유람선 날고

관광단지의 동상
긴 칼 차고 응시 하네

산불조심 플래카드
주민의식 평가하고

등산로 변 체육시설
5각정의 이엉지붕
이채롭다 그 모습

도란도란 60분 갓바위에
석양 솔가루 밟는 귀로
산울림이 동행하누나.

도깨비 고개

제주에만 있는 줄 알았던 도깨비 도로
충남 아산시 온양 5동 초사리에도 있네

초사리에서 동화리 고개 오르는 좌편
포장도로 한 구간이 도깨비 고개

눈으로는 분명히 내려가는 길인데
기어를 중심하고 엔진을 끄면
서서히 뒤로 거슬러 올라간다

현실적으로 이해하기 어려운데
귀신이 곡할 노릇이니
도깨비한테 속았느니 하지만

궁금할 수밖에 없는 실정이다
무엇 때문에 그렇게 된다는

과학적 해명 표식을 세워
모두의 의구심을 풀어주기 바라네.

아산 장날

수도권 전철 온양온천역
서울 경로들 만 원 한 장 들고 와
목욕, 점심 마치고 구경 나들이

철길 밑에 펼쳐진 시골 5일장
거닐며 머뭇거리는 인파

새벽 헤치고 달려온 상인
손님맞이하는 순박한 가슴

풋고추 된장에 찬 밥 먹으며
입가에 붙은 밥풀 뗄 새도 없이

더 달라면 조금 더 주고
천원지폐 주고받는 거래현장

장날 풍경의 핵심이로다
구입한 물건 양 손에 들고 가는 노파
전통 민속 5일장의 풍경이어라.

어금니 바위

내포 한 자락 아산의 영인산
환난질고 길흉화복
몸소 체험하며 느껴온 세월

시련과 영광의 탑이 말해주누나
굿은 일 좋은 일 나열한 현판
자세히 읽고 서 있는 노신사

쌍둥이 탑 바라보며 끄덕끄덕
무언가 깊이 공감하는 그 모습

시련과 영광 더불어 걸어온 어금니 바위
아산(牙山)탄생 몇몇 해던가

생식하고 번성한 33만
나란히 서 있는 두 탑 교훈삼아

성숙한 시민으로 오손도손
아산을 찬미하며 전진할 진저.

바닷가의 별미

고군산군도 다섯 섬 중 하나 대장도
가파른 바위산 대장봉 142.8미터

바닷가 낮은 바위에 앉은 두 친구
찹쌀팥밥 전복무침 김치와 김 등

서로 권하며 사랑 나누는 별미
찰싹거리는 맑은 물 부러운 눈빛

드높은 하늘 검푸른 바다 잔잔하여라
바다 건너 붉은 펜션 돋보이네

선유도 전망대의 줄 타는 젊은이
전형적인 가을 날씨에 취한 인파

창조 신비 느끼고 음미하는 사이 빈 그릇
뒷정리하는데 저편에서도 자연보호

정성들여 쌓아준 분에게 감사하며
흐뭇한 우정 바닷가의 별미여!

어촌 민속 전시관

갈매기 고기떼 찾아 바다위에 앉고
풍어와 만선을 기원하는 어민의 기도소리

다양한 문화 · 놀이 어촌의 일상
배의 제작과정 바다 속 해저 지형

대게의 성장과정 다양한 조형물
한 눈에 볼 수 있는 동해포구에 간직한
최고의 전망대 대게의 고장

은어 낚시 옛날장비 수심대별 어종
바다와 어우러진 인테리어의 조화

화석여행 가상의 대게잡이 체험
신비의 3D 입체영상 휴식 공간

영덕의 사계 어촌생활 의식주
어로활동 배 만드는 발달과정

많은 전통어선이 소개 되누나
풍력단지 동해바다 항해선장들

가족들 오손도손 휴식하는 아름다움이여.

숲쟁이 꽃동산

이름이 생소하여 찾아간 땅
아름답게 가꾸어 놓은 공원

등산로 해변도로 산책길
안성맞춤 느끼게 하누나

나무계단과 넓적한 돌잔디길
12지 동물상 흰옷 입고 맞이하네

보기 좋게 배열 된 숲쟁이 야산
단풍과 대화하며 거니는 포근한 가슴들

인도 떠나 실크로드 거쳐
중국에서 영광으로 처음 들어 온
백제 불교의 영상 보고

벤치에서 삼삼오오 마주보며
이런저런 세상이야기 꽃피우다

숲쟁이 꽃동산을 뒤로하였네.

천년의 빛 영광 9경

1. 백수해안도로
   모래미해변 · 칠산정 · 괭이섬

2. 백제 불교최초 도래지
   법성포뉴타운 · 천주교 기독교인 순교지

3. 불갑사
   영광 힐링 컨벤션타운 · 불갑산 상상화

4. 칠산타워
   향화도항과 설도젓갈타운

5. 가마미 해수욕장
   계마항 · 한빛원자력발전소

6. 불갑저수지 수변공원
   불갑 농촌테마공원 · 수은강한내산서원

7. 숲쟁이 공원
   규모있게 가꾸어진 산책등산로 · 꽃동산

8. 송이도
   칠산타워에서 22.8km 송이도 해수욕장

9. 천일염전
   풍력단지 · 백바위 해변 · 두우리 조개잡이.

백두대간 수목원

백두산에서 지리산까지 긴 산줄기
산림생태계 다양성 생물 보전

면적 5,179㏊ 생태탐방지역 4,973㏊
중점조성지역 봉화군 춘양면 206㏊

종자와 시드볼드 지하 터널형
꽃과 열매의 찬란한 향연

암석원, 고산습원, 자생식물원
백두산 호랑이와 넓은 호랑이 숲

생물교육, 자연물공예, 가드닝 클래스 스쿨
체류형 프로그램, 수목원 전문교육시설

트램 승차하여 단풍식물원, 사계원,
진달래원, 만병초원, 에코로드 전망대

자작나무원, 암석원, 야생화 언덕, 겨울 연못
꽃나무원, 돌틈 정원, 식물 분류원, 약용식물원 등 한눈에

미래형 넓은 수목원 볼 만하여라.

황포강의 교훈

서울 인구의 2배 서울 면적의 10배
60층 이상 40개 넘고 101층이 돋보이네

2013년엔 132층이 준공 되었는데
건축양식이 제각기 다른 것이 특색이다

어머니 강으로 대우받으며 신문명 탄생한 황포강
랜드 마크 동방명주 전망대에서 보는 백만불 야경
황포강 유람선에서 관찰하는 포동의 눈부신 성장

포서지구의 화려한 야경 못 보면 한이 되네
명나라 청나라에 온 듯 착각하는 옛 거리(老街)

18세기 물 문화의 도시 주가각 운하 뱃놀이
아름다운 테마와 음악이 조화된 종합예술
세계인의 극찬을 받는 완성도 높은 상해 서커스

김구 선생과 윤봉길 의사에게 묵념하면서
눈시울 적시는 가슴엔 애국정신 솟구치누나.

낡은 손수레

고흥반도 끝자락 작은 사슴섬
뛰노는 사슴은 보이지 않고
한센인들만 탄식하고 있구나

1916년 일본시대 세운 자혜의원
원장 바뀔 때마다 고난의 나날

무차별 잡아가둔 붉은 벽돌 형무소
가혹한 중노동 핍박과 탄압의 일상

이의하는 자 수용한 감금실과 변기
강제로 정관수술한 단종대

사망원인 알고자 해부한 검시대
화장장으로 운구한 낡은 리어카

어둡던 그 시대를 말하여주네
작은 사슴 뛰노는 날 언제 오려나!

십오야 밝은 달

비단장수 왕서방(往西方)이 부유하게 살던 소주
중국 10대 명승지의 하나인 지상천국 항주

근대문명이 꽃피고 활기찬 미래가 생동하는 곳
소주에서 태어나 항주에서 살자는 격언 실감 나네

미모의 여인 서시를 닮았다는 중국 4대 호수 중 하나인 서호
잔잔한 호수 가운데 옹기종기 떠있는 누각들
십오야 밝은 달밤 창가에 비친 신선과 여인

마주보며 부딪치는 술잔엔 사랑이 넘치네
그 나라에서 가장 큰 송성천고정 가무쇼

폭풍우 몰아치며 세차게 쏟아지는 폭포
함박눈이 펑펑 내리는 엄동설한

무사들이 목숨 걸고 싸우는 격전장
어느덧 넓은 무대에 활짝 핀 꽃동산

50여명 가무단의 다양한 노래와 춤
청중 사로잡는 송성가무쇼 과연 일품이어라.

녹차 밭 추억

1957년 녹차 밭 30만평 삼나무 70만평을 조성
1994년 녹차관광 농원으로 지정받고

2003년부터 매년 여러 명의 장학생을 배출한
보성녹차다원 설립자 장영섭 회장님

4월 곡우 전에 채다하여 만든 맛과 향이 싱그러운 우전차(雨前茶)
5월에 세 차례 채취하는 세작(細雀) 중작(中雀) 대작(大雀)
6, 7월에 채취하여 숭늉대신 끓여 마시는 엽차

기미, 주근깨 제거, 충치·치석 억제, 다이어트 효과
생선, 돼지고기, 옷장, 구두, 주방냄새 등을 없애고
차의 카테킨이 세균세포막을 파괴하여 해독시키며

꼭꼭 씹어 물마시면 멀미와 어지러움이 진정되고
과식에서 오는 글리코겐 분해효과로 소화도 잘되며

찌꺼기 찻잎을 세제로 쓰면 피부습진도 예방하는
보성 땅 계단식 넓은 녹차 밭 전경 삼삼하여라.

가릉강 야경

이상적 피서지 귀한 태양의 도시 귀양
모태주 주산지 귀주는 술 홍보 일색

운남과 귀양이 합쳐진 운귀성에서
멀리 남쪽엔 홍콩 서쪽엔 베트남 하늘
산기슭 계단식 개간밭 손 농사꾼

묘소마다 성묘흔적 흰색 깃발
항주는 상유천당(上有天堂) 소주는 하유소항(下有蘇杭)

항주공장에서 27회 정수한 생수 이곳에도
마령하 대협곡 오랜 세월 나뭇잎에 쌓인

먼지와 흙으로 옷 입은 입새 영지버섯 같네

푸른 물 긴 협곡 달리고 늘어진 나무는 흙먼지 옷
만고풍산 몇 만 년 이겨낸 역력한 흔적

장강과 가릉강이 합류하는 공업기지 중경
3대 야경 중 하나인 가릉강 야경 볼수록 유정하여라.

황과수 폭포

중경 귀주성 카르스트 지대의 안순시에서 서남 45km 지점
폭포 중심으로 용동(溶洞) 지하호수 등이 형성되어

용궁(龍宮) 직금동(織金洞)이 있는 아시아 최대 폭포
높이 74m 너비 81m 웅장함이 사람들을 압도 하네

폭 40m의 폭포가 90m 낙차로 쉬지 않고 떨어져
단차가 심한 아래쪽엔 9단 폭포가 이루어지고

폭포 관통 동굴입구의 물안개, 동굴 지날 때 물방울
중간엔 100m의 절벽동굴과 수렴동이 있네

그 안에 한 개의 폭포 다섯 개의 광장 세 개의 연못
과모당하(果姆當河)에 있는 7개의 폭포에선

튀는 물보라가 떨어지며 만들어지는 무지개
주변의 **빽빽**한 기봉 18개의 서로 다른 모양

동굴폭포 아래에서 위로 올라가는 에스컬레이터 350m
귀양에서 150km 거리 세계 4대 폭포 중 하나
손색없는 관광명소가 볼만 하여라.

중경 임시정부 청사

산, 안개, 미녀의 도시 남한만한 면적
4,000만이 호흡하며 경사가 겹친다는 중경
30층 이상만 허가되는 고층건물도시

해발 1,500미터 능선 100킬로로 달리며
시골풍경에 젖은 다섯 시간 귀양에 이르네

2, 3층 주택 흰색 일색 여기저기 옹기종기
만봉림 보는 순간 계림은 작은 봉우리 였네

300미터의 북반강대교 지나며
400미터 밑으로 내려다 보는 북반대협곡
그랜드캐니언이 스쳐 지나가네

안순시 천곡호텔에서의 뜻 깊은 온정회
용궁호 동굴 나룻배 선유하며 신비에 감탄

홍의마당에서 별보며 먹던 양 바비큐 별미였네
중경 임시정부 청사 상해보다 큰 규모
각 부처 장관실, 비서실, 회의실이 대변하네.

한옥마을 승광재

교육 문화 고전 음식으로 이름난 고장
비빔밥 명가 '고궁' 에서 즐기고

한옥마을 둘러보며 도란도란
다양한 차 냄새 찾아들게 하누나

지붕 담장 골목마다 조화로운 고전
황토내음 유혹하는 온돌방 숙박시설

바람도 별도 쉬어가는 대청마루
잔칫날엔 오롯이 무대 되던 흙 마당

흐르는 세월 따라 만고풍상 견뎌낸
그윽한 한옥 정취에 가슴 적시네

달밤에 여는 대청음악회 흥겨운 가락
끌려드는 한 마음 우리 민족의 자랑

마을 중앙에 자리 잡은 '승광재'
조선 마지막 황손이 전통 지키는 모습이여.

여수 앞 바다의 큰 잔치

2012. 5. 12 부터 93일간 열린 행사
104개 국가에서 몰려와 자기 나라 자랑 한마당

줄지어 기다리는 한 시간 지루함 못 느끼네
몰려드는 인파 친절한 안내 즐거운 비명

땀 흘리고 다리 아파도 참는 여유 민족성이어라
주마간산으로 둘러보며 다음 코스로 빠르게 가는 모습

12조 2,330억원과 부가가치 5조 7,200억원
78,800명의 고용효과 흐뭇한 봉사
800만 명의 관람객 고무적 희망이 솟네

주제관 해양 베스트관 한국관 국제관
해양생물관 입체영상 아쿠아리움 국제 기구관

입구의 대형영상 즐거이 뛰노는 활어 운동장
화려하고 찬란한 야경 볼수록 유정 하네

반기문 사무총장 축사로 폐막하던
2012년 9월 12일 잔잔한 바다 드맑은 하늘이여.

희망 솟는 자사모

곡성 땅 동악산 오르는 산행길
폭 넓고 억세게 흐르는 계곡 물

요란한 물소리 마음 적신 감탄
철다리에 멈추어 음미하는데
하얀 물 쏟아 밀며 손짓하누나

두꺼비와 개구리 어울려 놀고
산새 노랫소리 매미 우는소리
신비한 창조능력에 감사 하였네

도림사의 범종 은은하게 울리는데
염불에 심취한 주지스님 목탁소리

씩씩한 선두 산악대장과 그 일행
낙오자 보살피는 후미대장 역할
어울려 나가는 자사모 희망이 솟네.

애기봉

김포 월곶 땅 문주산 애기봉(愛妓峰)
한강과 임진강이 악수하더니 서해로 가네

병자호란 때 평양감사 따라 피난한 애첩
한양 오기 전에 개풍군에서 오랑캐에게 잡혀

북으로 끌려간 감사, 한강을 건넌 애기
감사 기다리다 병들어 죽어가며
님이 보이는 높은 봉우리에 안장 유언

1966. 10. 7 박정희 대통령이 찾아가
강 하나 사이에 두고 오고가지 못하는
일천만 이산가족의 한(恨)과 같다며
애기봉이라 이름하고 친필 휘호 비 세웠네

성탄절엔 대형 트리를 세워 예배하고
부처님 오신 날엔 법회 열며 염원하는
애기봉의 의미 되새기는 가슴 가슴.

산수원 애국회

보령땅 성주골 옥마산
안전을 비는 정결한 마음들

돼지 입에 만 원 지폐 물려놓고
애국가, 묵념, 축문, 고수례, 음복

옛 풍속과 신문화 어울린 시산제
옥마정에서 조망하는 대천

시내 관통하는 새마을호 위용
바닷길 떠나는 여객선 고동소리

남포항 죽도 등대 아래
얼어붙은 달그림자 합창 가슴적시네

어항의 어시장 왁자지껄
해안거니며 속삭이는 연인들

귀로 버스에서 오손도손
산수원 애국회의 하루가 저무는 구나.

용문사 은행나무

신라 신덕왕 2년(913) 대경대사 창건설과
경순왕(935)이 친히 행차 창사했다는 양설

석가모니를 주불로 봉안한 전각(殿閣) 대웅보전
웅장한 고산풍모 깊은 계곡 천년고찰 용문사

황해도 재령출신 司宰副正 지낸 김연의 외아들
고려말 正智國師(이름 金智泉) 스님이 지은 (대장전기)대장전
1909년 순종 때 의병 근거지로 사용했다고 일본군이 소실
그 후 1909년부터 2011년까지 6회에 걸쳐 중건 증축

정지국사 부도 및 비 보물 531호 금동보살상 보물 제1709호

마의태자가 금강산 가다가 심었다는 설
의상대사 지팡이가 뿌리내려 성장했다는 양설

세종대왕이 정3품 당장 벼슬내린 동양 최대 유실수
수령 1,000~1,500년 수고 40미터 둘레 11미터
천연기념물 제30호 은행나무 용문사의 상징이로다.

주사 손 돌(舟師 孫 乭)

1232년 몽고(원나라)가 2차 침입하여
고려왕실 강화도로 천도할 때 손 돌 배를 탔네

예성강 벽란도, 임진강, 한강하류 지나
대곶면 신안리와 강화도 광선진 사이 협소해협

급류인 목에 이르니 앞이 막혀 뱃길 없는 것 같이 보이고
물살은 거칠고 빠르게 빙빙 돌고 돌아 위태함 느낀 순간

뱃사공이 고의로 안내한다고 의심 사공 죽이라 명령
바가지를 띄우고 따라가라는 울먹인 애틋한 유언

사공은 참수되고 배만 바가지 따라 흘러가네
협류 지나 목적지 도착한 임금 때늦은 후회

손 돌의 장례 잘 치루어 주고 사당세워 보은
이 뱃길을 '손돌목', 추위를 '손돌추위' 라 전해 오고

1977년 박일양(朴一陽) 등 면민이 제사하다가
2009년 9월 추모비 세워 치산하고 음력 10월 20일
김포시에서 추모행사 지내고 있는 전설의 현장 '손돌 묘'.

해안도로 국도 77호선

지반을 발파에 의해 굴착하는 공법
숏크리트와 록볼트로 보강 건설한
국내 최초 최장의 NATM 해저터널

보령에서 태안까지 육지로 15km 였으나
대천교차로에서 고남교차로까지 14.1km로 단축
보령에서 태안까지 10분 내 동일관광 생활권

대천에서 원산도까지 보령해저터널 6,927m
원산도 석촌교차로에서 태안군 고남교차로까지
육로 2주탑 해상사장교 솔빛대교 1,750m

해상터널 폭원2@8.50m 2차로 병렬터널
석촌교차로에서 고남교차로까지 사정교 폭원 15.7m

태풍, 안개, 강설, 결빙 걱정 전혀 없으며
선박충돌, 해상오염, 구조물 손상 없고

주행자 안전 위한 좋은 경관 아름다우며
서해안과 천수만 해양생태계 보전 되었네

바다로 인하여 단절되었던 국도 77호선
부산에서 파주까지 드디어 연결된 기쁨
자유 · 평화 · 민주 외치며 달리고 싶어라.

인연의 향기에 따라

　이문승 시인을 알고 지낸 지가 15년이 넘는다. 그런데 저에게 시집 후기를 말씀하시기에 몇번 사양했지만 워낙 간곡한 부탁이라 할 수 없이 마음의 기도를 한 다음 커피를 한 잔 마시며 편집실에서 원고지에 빈 칸을 채워본다.

　처음 시집을 발간할 때는 오자나 탈자를 찾는데만 집중했지 내용을 솔직히 정독하지는 못했다. 그래서 이번 시는 제대로 읽으며 감상도 해 보았다.

　젊은이들은 이 시에 거리감을 느낄지 모르지만 배경에는 종교적인 특성이 흐르고, 편마다 자신의 색깔이 뚜렷했다. 흡사 옛날 이름있는 서원에서 훈장이 학동들에게 숭조사상을 강조하는가 하면 나라의 안위를 걱정하는 특색있는 시어들로 구성된 감동적인 작품이라고 감히 말한다.

또 언젠가 출판기념회 초대장을 받고 강남의 아담한 음식점에 갔더니 양반댁 잔치에 온 기분을 연상케 했다. 여기에 참석한 분들이 사람의 향기가 물씬나는 가정이라는 한결같은 찬사를 옆에서 들으며 공감한 바가 있다. 이러한 집안의 향기가 작품속에 깊이 베어 있음을 이번 시집에서도 물씬 느끼게 해주고 있다.

원컨대 오래오래 옥체보전하시며 더 좋은 창작활동을 기대하면서……

경자년 정월 보름날

군자산 기슭에서

수필가 **연규석**

저자와의 협약으로 인지 생략함

좋은 인연의 향기

2020년 2월 15일 인쇄
2020년 2월 20일 발행

지은이 · 이문승
펴낸이 · 연규석
펴낸곳 · 도서출판 고글

서울특별시 용산구 한강대로 40길 18
등록일 · 1990년 11월 7일(제302-000049호)
전화 · 02)794-4490   031)873-7077

값_12,000원